PASCAL FIORETTO

GAY VINCI CODE

Pasticherie fine

CHIFLET & Cie

Le papier de cet ouvrage est composé de fibres naturelles, renouvelables, reyclables et fabriquées à partir de bois provenant de forêts plantées et cultivées durablement pour la fabrication de ce papier.

Pour contacter l'auteur ou obtenir de plus amples informations
sur les plus grands mystères de tous les temps :
http://gay-vinci-code.blogspot.com/

ISBN : 978-2-266-18140-2

Pour Marco,
questo cuore, cuore, cuore, cuore mio,
sans qui rien.

« No Guru, no method, no teacher
Just you and I and nature
And the Father in the garden. »

Van Morrison

Avertissement

Cet ouvrage contient des hommes poilus et des petites femmes nues. Si vous l'avez acheté par hasard, ou par mégarde, refermez-le immédiatement. En le lisant, vous certifiez ne pas trouver offensantes les pages de texte sans aucune image.

Les faits, rien que les faits

La société secrète de la *Vieille Tente* a été fondée en Crète au VIIe siècle avant Jésus-Christ. En 2004, lors d'une fouille de routine à Sodome et Gomorrhe, on retrouva un échange de correspondance entre David et Jonathan. Cette découverte allait remettre sous les feux de l'actualité l'un des plus grands mystères de tous les temps.

L'*Oups Dei* est une société secrète loi de 1901 à but non lucratif qui a déjà fait l'objet de poursuites judiciaires pour trafic d'indulgences, dérives sectaires et tapage nocturne. Sa mission consiste à corriger par tous les moyens l'une des plus grandes erreurs divines de tous les temps.

« Get Out Paris » est la filiale française de la Fédération Mondiale de Outing*[1]. Fortement controversée, « Get Out Paris » a inspiré les éditos de Jean-François Kahn les plus indignés de tous les temps.

1. Les mots signalés par un * font l'objet d'une définition dans le dictionnaire gay-français en fin d'opus.

Toutes les descriptions de saunas, de biennales des antiquaires, de bars à moustaches, de soirées mousse, de revues spécialisées et de rituels collectifs évoqués ci-après sont avérées.

La direction n'est pas responsable des objets confiés.

Les préliminaires

Gédéon de Vaugoubert s'était réfugié dans la boutique souvenirs du MATH[1]. Caché derrière la rangée des reproductions au 1/3 du David de Michel-Ange, il reprit son souffle en s'éventant et consulta sa montre du coin de l'œil : *05.37pm à New York donc 23 h 37 à Paris,* calcula-t-il.

Une fois de plus, il se félicita d'avoir suivi le régime dissocié de la méthode Montignac. Son indice de masse graisseuse avait diminué de 63 % en quelques mois et, tout à l'heure, il avait réussi à semer sans trop de difficultés son agresseur dans les couloirs labyrinthiques du musée dont il était le conservateur. Mais les pas, lourds et réguliers, se rapprochaient inexorablement et Vaugoubert était encore essoufflé. Comme pour trouver la force d'affronter ce qui l'attendait, il prit appui sur le postérieur parfaitement hémisphérique d'un des éphèbes florentins en résine blanche. Il en retira aussitôt la main, comme sous l'effet d'une secousse électrique. *De la poussière ! Il va vraiment falloir que je vire cette femme de ménage !* pensa-t-il

1. Musée des Arts et Traditions homosexuels.

en se ventilant de plus belle. Mais il fut vite distrait de ses sinistres pensées par le bruit implacable des pas, désormais tout proches. Il regarda derrière lui, à la recherche d'une ultime échappatoire, mais n'y découvrit qu'un mur d'un blanc immaculé et sans autre ouverture que la porte des toilettes. Les pas s'étaient arrêtés. Une voix s'éleva dans un silence redevenu parfait.

– Cette fois, tu es fait, Vaugoubert !

Le conservateur se retourna lentement et, simultanément, la créature fit un pas dans sa direction pour entrer dans le halo vertical de lumière qui éclairait les caisses enregistreuses. Vaugoubert sentit un frisson de terreur lui parcourir l'échine. Il avait pourtant déjà vu beaucoup de *drag queens** dans sa carrière. Une salle entière du musée leur était d'ailleurs consacrée : faux cils, faux seins, faux culs, faux cheveux... Tous les accessoires de cette tribu, qu'il avait longuement étudiée dans sa jeunesse, étaient soigneusement exposés dans de petites vitrines climatisées.

Il possédait en outre l'une des plus belles collections au monde de *platform boots,* ces chaussures à talons compensés infinis qui confèrent aux créatures qui les chaussent une démarche à la fois éléphantesque et féline.

Jamais, cependant, le conservateur n'avait rencontré de *drag queens* comme celle qui se tenait désormais à quelques centimètres de lui. Elle était grande et robuste, comme toutes ses congénères, mais encore plus haute, plus carrée, plus imposante. *Au moins 2,50 m*, jaugea-t-il en connaisseur. Et surtout, il y avait ce visage terrifiant. Sous un chignon déstructuré fuchsia à la Armande Altaï, le fond de teint avait été mal blushé et, çà et là, le front luisait de plaques brillantes. La sueur avait formé de petits amas de mascara au coin des yeux qui scintillaient d'un éclat aussi froid que déterminé. La bouche, immense, aux lèvres anormalement pulpeuses, rayonnait dans la pénombre.

Du gloss *liquid diamond* ! comprit-il en frissonnant de nouveau. Son agresseuse avait donc les moyens. Ce n'était évidemment pas pour l'argent qu'elle l'avait poursuivi dans le musée. Mais alors, pourquoi ? Quelque chose, au plus profond de lui, détenait déjà la terrible réponse… *Il fallait que ça arrive un jour.*

La *drag queen* fit jouer le clip de son sac à main d'où elle sortit un petit revolver qu'elle pointa sur lui.

– Je t'écoute, Gédéon, c'est ta dernière chance de me dire où il est caché…

Chapitre 1

Assis au bar du Banana Café, Charlus Glandon sentit son téléphone portable vibrer dans sa poche.

Bon sang, je parie que c'est Gédéon de Vaugoubert qui m'appelle pour s'excuser de son retard !

L'émérite professeur de la RUT[1] prit la communication, bien décidé à dire à son interlocuteur ce qu'il pensait de son attitude désinvolte. Après tout, c'était Gédéon de Vaugoubert qui l'avait invité à donner à Paris cette conférence sur les nouvelles icônes gays. Or l'imprévisible conservateur n'avait même pas daigné se montrer à l'after-dédicace !

– Allô ?…, maugréa Glandon en se bouchant d'un doigt une oreille et en s'éloignant de sa table où un pompier gogo dancer se déhanchait sur un remix de C. Jérôme.

– Tonton Glandon ? C'est Cédric ! Tu es seul ?

Cédric ?! Mon neveu Cédric ?

Glandon et Cédric ne s'étaient pas revus depuis ce fameux repas de famille où le jeune homme avait annoncé à ses deux mères effondrées qu'il était

1. Raindow University of Tennessee.

*straight**. Les souvenirs se bousculaient dans la tête du professeur, déjà passablement embrumée par les effets du décalage horaire et des Tequilas Boum. Il revoyait le gâteau d'anniversaire que la mère porteuse de Cédric avait acheté chez Pierre Hermé pour les 18 ans de son fils chéri. Cédric n'y avait pas touché. Quand il avait annoncé qu'il refusait de souffler les bougies, un murmure de surprise puis de réprobation avait parcouru la table. Alors Cédric s'était levé lentement. Le visage livide, il avait tiré de la poche de son jean une feuille de papier pliée en quatre et s'était éclairci la voix.

Un silence, lourd de menaces, s'était aussitôt installé. Pour se donner du courage, il avait regardé un à un les invités. Ses quatre grands-parents avaient les yeux humides d'émotion, comme si, du fond de leur sagesse transgénérationnelle, ils avaient déjà compris ce qui allait suivre. L'ex-mari de sa mère et son nouveau compagnon se tenaient nerveusement la main. La précédente compagne de sa mère porteuse et son nouveau mari (une ex-shampouineuse) avaient plongé en chœur le nez dans leurs assiettes à dessert pourtant toujours vides. L'équipe de *Ça se discute*, que Cédric avait eu l'idée d'inviter pour l'occasion, retenait son souffle. Même Noël Mamère, passé serrer quelques mains, s'était tu. Seul le petit ronronnement de la caméra troublait le silence.

Le jeune homme avait déplié son texte et commencé à lire, d'une voix tremblante, le poème spécialement écrit pour ce grand jour. Glandon s'en souvenait encore :

Mes chères mamans
Je n'irai pas par quatre chemins
Pour vous dire que j'ai choisi le mien
J'espère que vous m'accepterez
Si je ne suis pas tel que vous m'espériez

Mais ce n'est pas votre faute
Si, comme sexe, j'aime l'autre
Et je sais que dans votre cœur
Vous ne voulez que mon bonheur.

Oui, Glandon se souvenait comme si c'était hier de ce bouleversant poème. D'autant que Cédric avait dû le lire deux fois car un abat-jour se trouvait dans le champ de la caméra lors de la première prise. Sous le coup de la surprise et de la consternation, ses parents étaient d'abord restées interdits puis la colère avait fini par l'emporter.

– Comment oses-tu nous faire ça, à nous qui t'avons élevé avec toute la tendresse dont deux mères sont capables ? avait commencé par demander Solange, la demi-sœur par le premier père de Glandon. As-tu jamais manqué de quelque chose à la maison ? N'avons-nous pas été des mères assez abusives ? Et as-tu pensé aux regards des gens sur nous si ça vient à se savoir ?

Cédric avait blêmi et vacillé sous l'assaut. Mais le pire restait à venir. Josiane, sa mère paternelle, s'était levée elle aussi. Elle pointait maintenant un index accusateur en direction de l'adolescent.

– Ah oui ! Alors comme ça monsieur est hétéro ? Et depuis quand, si c'est pas indiscret ? Je parie que c'est ton psy qui t'a mis cette idée dans la tête. Voilà ce que c'est que d'aller s'allonger chez des charlatans même pas référencés dans l'annuaire *Gay Friendly** !

Cédric se sentit rougir jusqu'à la racine des cheveux. Il s'était, lui-même, maintes fois demandé si son analyste n'était pas un peu hétérosexuel. Sa veste en velours démodée, son monospace familial, son eau de toilette Axe pour hommes… Autant d'indices qui l'avaient parfois fait douter. Mais il avait fini par mettre ses soupçons sur le compte d'un fantasme de transfert passager.

Puis tout s'était emballé. Ivre de honte et de rage, Josiane avait fini par se tourner vers Charlus, silencieux depuis le début du repas.

– Et toi, son oncle, tu ne dis rien ?!

Charlus s'était tassé sur sa chaise. Il craignait secrètement, pour y avoir déjà assisté, les colères de la femme de sa sœur.

– Excuse-moi, Josiane, je ne me sens pas très en forme. Le décalage horaire… Il n'est que 9 heures dans le Tennessee…

– Eh bien, il n'est jamais trop tôt pour remettre son neveu dans le droit chemin ! Dis-lui ce que tu penses de tout ça, il t'écoutera peut-être, toi ! Qu'est-ce que tu attends pour réagir ? Qu'il nous annonce qu'il va faire des enfants avec une femme ?! À moins, bien sûr, que toi-même…

L'insinuation de Josiane souleva un nouveau murmure d'effarement et de consternation qui traversa l'assemblée des convives de part en part.

L'humiliation et l'occasion de s'en aller étaient trop fortes pour Charlus. Pâle et tremblant, il s'était levé à son tour et avait quitté la pièce en titubant légèrement sous l'effet d'un dernier cognac.

Depuis cet anniversaire, il n'avait plus jamais eu de nouvelles de sa demi-sœur ni de son neveu. Un ou deux ans plus tard, il avait appris qu'après l'aveu de son hétérosexualité, Cédric avait quitté le domicile homoparental, bien décidé à ne jamais y remettre les pieds tant qu'on ne l'accepterait pas tel que la nature l'avait voulu.

– Allô ? Tonton Glandon ? Tu es toujours là ? demanda la voix dans le combiné.

Charlus revint à lui.

– Cédric ! Ça alors ! Qu'est-ce que tu deviens, mon garçon ? Et d'abord, comment sais-tu que j'étais à Paris ?

– J'ai de bonnes raisons d'être bien informé. Je t'expliquerai tout ça plus tard. Écoute, il faut absolument que je te voie.

– Mais volontiers. Demain, 17 heures, ça te va ? Il y a un *Tea Dance Mousse* au Queen…

– Impossible ! C'est tout de suite que je dois te rencontrer. Je crois qu'il s'est passé quelque chose de grave, de très grave. Je ne peux rien te dire au téléphone. Rendez-vous dans une demi-heure, devant le MATH…

Cédric avait raccroché sans lui laisser le temps de répondre. Glandon descendit d'un trait le fond de son verre et se fit commander un taxi. Le chauffeur prit la rue des Déchargeurs, enfila la rue de Rivoli, pour finalement s'arrêter au 36 de la rue des Deux-Boules. Sur la façade du musée endormi, une affiche géante annonçait la rétrospective : « Tom of Finland* : les aquarelles ». L'entrée du bâtiment était déserte. Glandon approcha son visage de la double porte vitrée, cherchant, sans succès, à percer l'obscurité immobile.

J'ai encore forci du double menton, constata-t-il, amer, en détaillant son reflet dans le verre fumé. *Il faudrait que j'arrête le décalage horaire. Mais que fait Cédric ? Et pourquoi m'avoir donné rendez-vous dans cet endroit désert à une heure pareille ? Tout ça est si subit, si mystérieux… J'espère qu'il ne compte pas sur moi pour résoudre une énigme compliquée avec des arcanes, des logogriphes, des devinettes et des sociétés secrètes…*

Charlus Glandon devait à sa réputation mondiale d'iconologue d'être sans cesse appelé aux quatre coins du monde pour démêler les plus grands mystères[1] de notre temps.

À cet instant précis, un crissement de pneus se fit entendre dans la rue déserte. Un scooter venait de s'arrêter à quelques mètres de lui. Son conducteur enleva son casque, passa une main dans son épaisse chevelure bouclée et Glandon reconnut Cédric. Cela faisait cinq ans qu'il n'avait pas revu son neveu et le jeune homme s'était transformé : son gracieux visage, toujours un peu enfantin, était devenu très viril. Son corps de jeune homme, plein de sève et parfaitement proportionné, avait achevé de se transformer, déployant les proportions idéales de l'homme rêvé par Vitruve.

Son polo près du corps laissait deviner une poitrine pubère, ferme et douce au toucher et dont les bruns tétons ne manqueraient pas de se dresser sous les doigts de qui saurait les stimuler. Son pantalon taille basse qui laissait voir un caleçon Calvin Klein semblait accroché par miracle sur une paire de fesses sublimement rebondies et musclées, haut perchées sur des jambes puissantes et duveteuses. L'espace d'un instant, Glandon imagina le ciel s'ouvrir et Zeus, déguisé en aigle ou en producteur de X gay, enlever dans ses serres viriles ce Ganymède* des temps modernes. Et pour en faire quoi ? Sans doute l'attacher à un arbre puis le dévêtir sauvagement pour enfin l'…

– Tonton Glandon ! Ouf ! Tu as pu venir !

Charlus sortit brusquement de sa rêverie et retrouva le trottoir parisien.

– Cédric ! Quelle joie de te retrouver après toutes ces années… Tu sais, tu peux m'appeler Charlus

1. Voir notre précédente enquête : *Angèle et Démonia : le mystère des sœurs transformistes.*

désormais. Tu as grandi et d'ailleurs, jusqu'à quel point sommes-nous parents, après tout ?

– Personne ne t'a vu arriver ?

– À part mon chauffeur de taxi, je ne crois pas. Que se passe-t-il ?

– Il y a une heure, j'ai reçu un texto de Gédéon de Vaugoubert.

– Tu as de la chance ! Moi, il m'a fait venir à Paris pour donner une conférence, avec le décalage horaire que cela suppose, et il n'a pas daigné me donner le moindre signe de vie depuis mon arrivée...

– Je crois qu'il est peut-être en danger... Je n'ose pas y penser... Nous devons absolument entrer dans le musée.

– Mais comment ? Tout est fermé. Il n'y a même pas de gardien.

Cédric tenta à tout hasard de pousser la porte vitrée qui résista à sa pression. Il se retourna alors vers son oncle, plantant son beau regard clair et intelligent dans les yeux fatigués de Charlus.

– Tu sais que Gédéon de Vaugoubert adorait les énigmes, tonton ?

– Oui, j'ai déjà vu des *Télé 7 jeux* traîner chez lui. Et alors ? Mais d'abord, pourquoi parles-tu de lui au passé ?

– Je ne sais pas. Un sombre pressentiment. Regarde le texte de son message et dis-moi si cela t'évoque quelque chose...

Le jeune homme tendit son téléphone à son oncle qui chaussa ses lunettes à contrecœur pour déchiffrer les petits caractères bleus sur fond bleu.

– « L v'1 2 ce Kc l'orEr IzTrik. L'tps Prec. D9075. Milbiz. GV. PS : Apl JCG. »

– C'est évident, voyons. C'est du dialecte SMS de base : « *Elle vient de s'en aller, l'horreur hystérique. Le temps presse. D9075. Avec toutes mes affectueuses pensées. Gédéon de Vaugoubert. Post-scriptum : Appelle Charlus Glandon. »*

– Écoute, tonton, il me semble que monsieur de Vaugoubert cherche à nous faire comprendre quelque chose. « D9075 », ça ne te dit rien ?

Le cerveau de Glandon se mit à fonctionner aussi vite que le lui permettait le décalage horaire.

Il additionnait à toute vitesse les chiffres et les lettres de l'étrange formule, les soustrayait, les multipliait entre eux, les recombinait selon la suite arithmétique de Fibonacci, la progression géométrique de Leibnitz, la régression linéaire de Poliakov. Il cherchait un nombre réel r, indépendant de n, tel que pour tout $n > n^o$, $u(n+1) = u(n) + r$.

Qu'avait bien pu vouloir dire Vaugoubert ?

Charlus ne trouvait aucune prise à laquelle se raccrocher sur la surface lisse de ces quatre chiffres et de cette lettre. *Peut-être a-t-il écrit de la main gauche dans un miroir ?* Il retourna mentalement le message et obtint : « GCJ Lpa : SP. VG. Ziblim. 5709 D. Cerp Spt'L. Kirtiz Rero'l Ck Ec 2 1'vL. »

Dans ce nouvel encodagramme, les seuls mots qui lui semblèrent familiers étaient Ziblim, la formule rituelle de salutation égyptienne à Osiris, et Kirtiz, la SICAV monétaire de BNP-Paribas. Mais quel lien caché existait-il entre ces deux entités du message ? Il remarqua alors que la lettre D semblait jouer un rôle pivot dans le texte, qu'on le lise à l'endroit ou à l'envers.

Il fouilla sa mémoire à la recherche de « D » particulièrement signifiants. « D » comme Denise ? Mais Denise Fabre ou Denise Glazer ? Peut-être le « D » de « Mère Denis » ? Ou D comme Derrida ? Jacques Derrida, le penseur hétérosexuel ? Impossible que Gédéon l'ait lu… Mais il pouvait très bien avoir voulu le citer, ne serait-ce que pour feindre de le connaître… Dans quel but ?

Il revint au texte à l'endroit et s'intéressa au « 90 ». *Quatre-vingt-dix*, comme le nombre de façons différentes pour dire « il va neiger » dans certains dialectes inuits ? Ou comme le poids de Gédéon de Vaugoubert avant son régime ? Et « 75 » : le numéro administratif des plaques minéralogiques dans la capitale ? N'était-ce pas trop simple pour un homme aussi raffiné que Vaugoubert ? Mais en l'inversant, on obtenait 57, son âge officiel… Un début de piste ? Mais quelle relation invisible unissait entre eux ces éléments disparates ?

Glandon ne voyait pas, ne voyait plus. Cela faisait trop longtemps qu'il avait arrêté la cryptographie pour se consacrer à l'iconologie. Il devait se résoudre à admettre qu'il avait perdu la main.

Il leva ses yeux las vers Cédric qui attendait sa réponse comme Œdipe l'oracle de Delphes.

Le jeune homme savait que son oncle avait été un expert, célèbre et respecté, en décryptage. La réputation de Glandon prétendait même que, dans sa jeunesse, aucune combinaison ne lui résistait et qu'il était le génial inventeur des fameux décodeurs pirates de Canal +. C'était d'ailleurs cette découverte qui lui avait valu une peine de prison avec sursis et l'avait décidé à émigrer aux États-Unis où il s'était brillamment reconverti.

Mais aujourd'hui, Glandon s'avouait vaincu.

– Non, désolé, je ne vois pas, non… Cela fait des années que je n'ai pas fait ça… J'ai beaucoup perdu, tu sais, il ne faut pas m'en vouloir…

Tandis qu'il prononçait ces paroles, son regard s'arrêta soudain sur la portion de mur visible au-dessus de l'épaule gauche de Cédric. Il eut un fulgurant éclair d'intuition. *À moins que…*

Son cœur se mit à battre à tout rompre. Une sueur glaciale courut le long de son dos. *Se pouvait-il que… ?* L'idée était par trop vertigineuse. À la fois simple et géniale. Il hésita un instant, puis, devant le regard clair et implorant de Cédric qui ne comprenait pas, qui ne pouvait pas comprendre, il souffla à voix basse, comme s'il se parlait à lui-même :

– … À moins qu'il ne s'agisse du… !!?

Chapitre 2

À quelques kilomètres de là, Guazzinella, la colossale *drag queen,* arrivait en nage et en tanguant sur ses *platform boots* devant un immeuble haussmannien du 18e arrondissement.

J'ai au moins une ampoule par orteil et le cuir chevelu qui me gratte sévère... songea-t-elle en grimaçant. Mais Guazzinella était néanmoins satisfaite : le vieux Gédéon de Vaugoubert avait parlé. Sous la menace de l'arme, le conservateur du MATH avait tout balancé sans faire de difficultés, et Guazzy-la-mandale, comme la surnommait ses consœurs, n'avait pas eu à cogner. Une fois de plus, elle avait proprement accompli sa mission et « on » serait content d'elle en haut lieu.

Depuis qu'elle travaillait pour le Maître, Guazzinella avait franchi un à un les degrés d'initiation. Elle pouvait désormais accomplir des opérations ultra-sensibles, comme celle de cette nuit. Et, Guazzy le sentait, elle venait de rendre un grand service, peut-être le plus grand des services, à son bien-aimé protecteur.

Avant de pénétrer dans l'immeuble, elle regarda une dernière fois si personne ne l'avait suivie. La chaussée était déserte. Dans le hall d'entrée, elle s'appuya contre une poubelle et entreprit de quitter ses chaussures dont les talons mesuraient une bonne quarantaine de centimètres. À la dernière réunion de syndic, des copropriétaires s'étaient plaints du bruit des *platform boots* sur les vieux escaliers en bois, et Guazzinella devait désormais se déchausser dès le vestibule. Ses pieds et ses mollets enfin libérés de leur étreinte de cuir vert pomme, elle poussa un soupir d'aise en faisant voluptueusement jouer ses orteils trop longtemps comprimés. Aux jointures des phalanges, quelques gouttes de sang perlaient, çà et là, sous le mi-bas translucide.

Souffrir, c'est jouir sans plaisir, lui avait appris le Maître.

Elle monta lentement les cinq étages qui la séparaient de son domicile situé sous les toits et pénétra enfin dans sa chambre mansardée. La pièce unique était sobrement meublée et bien entretenue. La plus large part de l'espace disponible avait été allouée à des portants sur lesquels pendaient des costumes de strass et de lumière, des perruques de différentes couleurs, des chapeaux, des bottes, et un inextricable fouillis de bijoux fantaisies.

Sans prendre le temps d'ôter sa perruque, qui la démangeait pourtant de plus en plus horriblement, elle saisit son téléphone et composa le numéro convenu.

– Allô ? répondit une voix chaude, grave et terriblement sensuelle.

– J'ai du bon tabac dans ma tabatière, Maître.

– Qu'est-ce à dire, mon enfant ?

– Meunier, tu dors, ton moulin, ton moulin, va trop vite…

– Sois plus précise, veux-tu ?

– Il court, il court, le furet, le furet du bois, mesdames…

– Je ne vois pas où tu veux en venir…

– Promenons-nous dans les bois, pendant que le loup n'y est pas…

– Bon, ça commence à bien faire, tes inepties !

Maintenant, tu me dis comment ça s'est passé et ce que t'a dit le vieux.

– Mais… vous ne craignez pas qu'on nous espionne, Maître ?

– Il n'y a aucune raison. Si tu as tout bien fait comme je t'ai dit, personne n'est encore au courant. Allez, je t'écoute…

– Il m'a confirmé l'existence du Grand Piquet…

– C'est bien ce que je pensais et ce que j'espérais depuis tant d'années… Si nous mettons la main sur le Grand Piquet, alors le « Terrible Secret » de la Vieille Tente sera à nous.

– À nous, Maître ?

– Oui, enfin, à moi.

– Mais eux, ils le sauront toujours, le secret ?

– Évidemment, mais ils ne diront rien puisque c'est un secret et qu'ils n'ont pas intérêt à le rendre public.

– Ils ne diront pas que vous le détenez, Maître ?

– Non, bien sûr, mais moi je saurai que je connais le secret.

– Et qu'est-ce que vous en ferez, Maître ?

– Je le tairai, évidemment.

– Mais pourquoi chercher à le récupérer si c'est pour le taire, Maître ?

Parce que je le connais déjà et que je ne souhaite pas que ça se sache.

– Que vous le connaissez ?

– Oui, ça aussi, c'est confidentiel. Mais surtout il ne faut pas qu'on ébruite le secret que je connais déjà mais que personne ne doit savoir.

– Mais puisque la Vieille Tente a le Grand Piquet qui abrite le « Terrible Secret » que vous voulez cacher, pourquoi ne pas leur laisser le soin de dissimuler ce que vous voulez taire ?

– Tais-toi ! Tu ne comprends rien aux plus grands

mystères de notre temps. Dis-moi plutôt ce qu'il t'a dit.

Guazzinella prit le temps de préparer sa réponse. À l'autre bout du fil, de petits claquements de langue se firent entendre, signe que le Maître attendait avec impatience. Elle finit par lâcher à voix basse :

– *Intra-muros,* Maître…

– Explique-toi ! Tu sais bien que je ne comprends pas le grec…

– Le Grand Piquet : il est à Paris !

Dans le combiné, Guazzinella entendit distinctement le Maître avaler bruyamment sa salive et claquer la langue de stupeur.

– À Paris ? Prodigieux ! Quand je pense que je l'ai cherché toute ma vie aux quatre coins du monde ! Et il était là, sous nos yeux…

Guazzinella raconta comment, sous la menace de son arme, Vaugoubert avait fourni tous les renseignements nécessaires : le Grand Piquet se trouvait dans une backroom au sous-sol du « HQ », un club *raunchy cruise** du quartier des Halles.

– Dans un bordel ! faillit s'étouffer le Maître. Cette engeance de vipères lubriques ne respecte donc rien…

Il avala de nouveau sa salive et fit claquer sa langue plusieurs fois, signe qu'il réfléchissait, puis il reprit de sa voix chaude et sensuelle.

– Une fois encore, tu as bien travaillé, ma Guazzy… Mais ta mission n'est pas tout à fait terminée. Tu vas maintenant aller récupérer ce Grand Piquet car, désormais, tu le sais toi aussi : le « Terrible Secret » est au bout du Long Chemin.

– Il est encore long, le chemin, Maître ? Parce que j'ai un terrible mal de pieds…

– C'est une image, Guazzy. Les images sont faites

pour nous aider à penser l'impensable, à concevoir l'inconcevable, à dépasser l'indépassable…

Pour le moment, j'aimerais surtout éviter l'inévitable…, songea furtivement Guazzinella qui, de sa main libre, massait ses pieds endoloris.

– Maintenant, va ! Accomplis ton destin…

– Mais… comment ferai-je, Maître ? Je ne suis jamais allée dans ce genre d'endroit ? Qui m'ouvrira la porte ?

– Moi, Guazzy !

– Vous, Maître ? Vous allez venir avec moi ?

– Je vais faire mieux que ça : je vais te donner le code…

– Il y a un code, Maître ?

– Oui, Guazzy. Un *dress code…*

Chapitre 3

– Là, derrière toi… Le digicode ! cria Glandon.

Suivant le regard de son oncle, Cédric se précipita sur le petit boîtier incrusté dans le mur latéral de l'entrée du musée et tapa nerveusement D9075. La serrure de la porte d'entrée fit aussitôt entendre un ronronnement sourd.

– Bravo, tonton ! Je vois que tu n'as pas perdu la main !

Les deux hommes franchirent le seuil du musée, passèrent devant les guichets de la billetterie, et s'engouffrèrent dans le long couloir desservant les salles d'exposition du rez-de-chaussée. Outre plusieurs pièces dont les scénographies évoquaient les traditions des différentes tribus gays et lesbiennes, le MATH possédait une collection unique au monde de chefs-d'œuvre d'obédience homosexuelle. La collection embrassait tous les domaines de l'excellence *queer** : coiffure, littérature, sculpture, peinture, rugby, poésie, natation, relooking, musique, déco d'intérieur, théâtre, danse, cinéma… L'ensemble des œuvres était regroupé en deux sections principales : les pré- et les post-Fernandez*.

Cédric guidait Glandon dans les dédales du musée, entièrement plongé dans la pénombre. Le MATH avait à peu près le même âge que lui et il le connaissait sur le bout des doigts. Il lui semblait même parfois y être né tant ce lieu était associé à sa prime enfance. Pendant des années, jusqu'au jour de son *coming out**, ses mères et lui étaient venus célébrer Noël et la Gay Pride* dans les appartements privés de Gédéon de Vaugoubert. Jusqu'à ce terrible anniversaire où les relations entre ses parents et le conservateur s'étaient brutalement interrompues. Pourtant, le conservateur était étonnamment resté très attaché à Cédric, lui envoyant régulièrement de quoi payer son logement et ses études.

Cela expliquait sans doute pourquoi c'est à lui qu'il avait envoyé ce troublant texto ce soir-là.

Mais pourquoi m'avoir écrit un message au lieu de m'appeler directement ? se demanda une nouvelle fois le jeune homme. Il sentait que le mystérieux texte n'avait pas encore livré tous ses secrets. Par exemple, qu'entendait exactement Vaugoubert par : « *l'horreur hystérique* » ?

Et pourquoi avoir fait également appel à Glandon ?

Au fur et à mesure qu'il se rapprochait des appartements du conservateur, Cédric pressait le pas. Glandon, désormais distancé d'une dizaine de mètres, soufflait et protestait contre le rythme imposé par son neveu.

La porte de l'appartement de fonction du conservateur était grande ouverte. Cédric attendit que Charlus l'ait rejoint et les deux hommes pénétrèrent ensemble dans le duplex aux poutres apparentes, clair, exposé Sud-Est, vaste séjour, parquet, moulures, beau volume, proche tous commerces et transports, 190 mètres carrés (loi Carrez).

Cédric, qui connaissait bien les lieux, remarqua immédiatement qu'il y régnait un désordre inhabituel et inquiétant. Le peignoir en cachemire du conservateur était roulé en boule informe dans l'entrée. Une poche brodée en avait été à moitié arrachée et pendait sur le côté droit. Des coussins gisaient en vrac sur le sol du salon et des traces de pas, noirâtres, maculaient le marbre de la salle de bains. Il essaya de reconstituer la scène qui avait dû se jouer là, quelques minutes ou quelques heures plus tôt.

On sonne chez Vaugoubert. Il ouvre. *Donc il connaît, ou même il attend, son visiteur...* Puis, pour une raison inconnue, il se sent menacé. *Mais par qui et pourquoi ?* Pris de panique, il lance violemment des coussins au visage de son visiteur qui continue inexorablement de s'approcher et le poursuit jusque dans la salle de bains. Là, l'agresseur essaye de maîtriser sa victime en le saisissant par sa robe de chambre. Le vieil homme se débat avec l'énergie du désespoir, abandonne son peignoir et s'enfuit à travers les couloirs déserts. *Mais qui avait pu effrayer Gédéon de Vaugoubert au point qu'il déchire sa robe de chambre en cachemire ?*

– Une chose est sûre : il n'est pas là..., remarqua Charlus.

La voix de Glandon arracha brutalement Cédric à ses pensées.

– Pourtant, quelque chose me dit qu'il n'a pas quitté le musée, répondit Cédric, l'air absent.

– Nous avons parcouru toutes les salles, nous l'aurions vu ! Je trouve d'ailleurs cavalier de sa part de nous faire traverser Paris en plein décalage horaire et de nous planter là sans même un rafraîchissement.

– Il reste une solution, dit sombrement Cédric : la boutique de souvenirs.

– C'est loin ?

– C'est au premier, dans l'aile nord, après les post-Fernandez. Vite, il n'est peut-être pas trop tard...

Ils retraversèrent l'établissement désert pour rejoindre la sortie principale. Un petit drugstore avait été aménagé là pour la vente de produits dérivés : boissons, cartes postales, T-shirts, sex toys, bibelots et autres articles inspirés des collections du musée. Un halo de lumière doré filtrait sous la porte close de la boutique. Cédric inspira profondément pour se donner du courage et la poussa brusquement.

Ce qu'ils découvrirent les fit reculer.

Installé sous le faisceau d'un des plafonniers, Gédéon de Vaugoubert, debout, bouche ouverte, les regardait de deux yeux absolument fixes.

Appuyé contre le comptoir des caisses enregistreuses, le conservateur portait une des traditionnelles casquettes en cuir en vente à la boutique du musée.

Autour de son cou, un bandana de cow-boy, à damier noir et blanc, était noué en triangle. Il avait les bras croisés sur un débardeur marin à la Jean-Paul Gaultier qui laissait voir ses biceps nus, étonnamment bronzés et musclés pour un homme dont on murmurait qu'il avait résilié son abonnement à Univers Gym. Sur un pantalon d'uniforme du NYPD*, étaient attachés des *chaps** beige à franges d'où dépassaient des baskets rose bonbon.

Cédric et Charlus restèrent un long moment silencieux, considérant, interdits, de haut en bas puis de bas en haut, sans vraiment parvenir à y croire, le tableau qu'ils avaient sous les yeux. Que signifiait cet horrible accoutrement chez un homme connu pour être l'un des théoriciens du *total look* ? Comment l'inventeur de la fameuse maxime *« pas plus de deux couleurs complémentaires par tenue »* avait-il pu se travestir de la sorte ? Cédric sortit le premier de l'état de sidération dans lequel les avait plongés leur découverte. Il s'approcha du conservateur et lui tendit la main aussi naturellement que l'étrange malaise qu'il ressentait le lui permettait.

– Enfin, vous voilà monsieur de Vaugoubert ! Nous avons fini par vous retrouver... Désolé pour le retard. Votre message n'était pas très précis sur le lieu du rendez-vous...

Gédéon de Vaugoubert ne réagit pas, continuant à fixer obstinément le vide en bâillant aux corneilles. Glandon s'approcha à son tour et se planta face à lui.

– Eh bien, Gédéon, qu'est-ce que tu as à me dévisager comme ça ? J'ai un peu pris des bajoues, c'est ça ? Tu connaîtrais la nourriture américaine, tu comprendrais. Et puis, vient un âge... Mais on en est tous là, non ? Enfin, je ne dis pas ça pour toi. Toi, tu as l'air... toujours aussi bien conservé... Un peu pâlichon peut-être...

Charlus donna une légère tape sur la joue à son vieil ami qui n'avait toujours pas bronché.

À peine eut-il le temps de remarquer le contact anormalement glacé de la peau hâlée que le corps oscilla sur lui-même et se mit à glisser lentement le long du comptoir. Au bout de quelques secondes, qui leur semblèrent des siècles, le conservateur se retrouva assis au pied des caisses, la tête penchée sur son épaule gauche. Cédric se précipita et lui tapota à son tour les joues.

– Monsieur de Vaugoubert ! C'est nous ! Que se passe-t-il ? Répondez, bon sang !

La tête du conservateur pendait toujours, inerte et désarticulée. Cédric se retourna vers Glandon :

– Il est gelé ! C'est sans doute une crise d'hypothermie. Il n'aurait jamais dû quitter sa robe de chambre. Vite, une boisson chaude !

Glandon s'approcha alors de son neveu et lui posa doucement la main sur l'épaule.

– Je crois qu'il n'y a plus rien à faire, mon garçon.
– Qu'est-ce que tu veux dire, tonton ?
– Je crois qu'il est mort.
– Mort ?! Mais qu'est-ce qui peut te faire penser ça ?

Glandon se baissa à son tour vers la victime, lui saisit le visage entre le pouce et le majeur et fit tourner la tête autour de l'axe du cou.

– Port de tête instable, regard ahuri, mâchoire béante… Ce n'est pas son genre de recevoir les gens de cette façon. Et puis cette tenue, ridicule, comment l'expliquer autrement ? demanda-t-il sombrement sans regarder Cédric.

– Mais il n'a aucune blessure. Il semble un peu perdu dans ses pensées, mais il a l'air détendu.

– Un grand classique ! S'il pouvait nous parler, je suis sûr qu'il se plaindrait de céphalées, nausées, fourmillements au bout des doigts…

– Et alors ? demanda Cédric.

– Le coup du lapin, j'en mettrais ma main au feu !

– Quelle horreur ! Mais pourquoi ? Pourquoi s'en prendre à lui ?

Cédric sentit perler dans ses yeux des larmes prêtes à couler. Il réalisait qu'il avait toujours été proche du conservateur. Comme si une affection particulière, contenue mais profonde, les liait depuis sa plus tendre enfance.

Glandon, qui n'avait pas détaché ses yeux du corps de la victime, se releva enfin et regarda fixement son neveu. Adossé à l'un des piliers de la boutique, Cédric semblait anéanti.

– Je sais à quoi tu penses, dit Glandon d'une voix sourde.

– Comment ne pas y penser dans un moment pareil ? répondit Cédric.

– Les Templiers, n'est-ce pas ? lâcha Glandon en hochant la tête.

– Les quoi ? Heu… non, pas vraiment. Je pensais à toutes les fois où j'aurais pu venir lui rendre visite, répondre à ses cartes postales de Saint-Barth, passer prendre un thé dans sa maison de Marrakech… Je ne l'ai pas assez remercié pour tout ce qu'il a fait pour moi depuis que j'ai quitté mes mères. Et maintenant, il est trop tard. Mais qui pouvait avoir intérêt à assassiner ce pauvre homme ? Qui et pourquoi ?

– Justement ! Nous sommes face à un mystère qui nous dépasse, non ?

– Oui, évidemment…

– Alors dans ces cas-là, il faut toujours penser aux Templiers, à leur trésor, au Saint-Graal… Remontons à 1095.

– La première croisade à Jérusalem ?

– Absolument ! Tu sais peut-être que sur les 150 000 croisés qui s'engagèrent pour aller délivrer le tombeau du Christ, seuls 15 000 survécurent aux guerres, aux bandits de grand chemin, aux épidémies…

– Je ne vois pas le lien…

– Patience ! En 1117, Hugues de Payens, Geoffroi de Saint-Omer, André de Montbard, Gondemare, Godefroy, Roral, Payen de Mondésir, Geoffroy Bisol et Archambaud de Saint-Agnan se présentent devant Baudouin 1er, roi de Jérusalem et fils régnant de Godefroy de Bouillon. Les neuf chevaliers s'agenouillent devant lui et lui proposent leurs services pour protéger les croisés. Baudouin 1er accepte.

– Mais… quel rapport avec… ?

– J'y viens. Figure-toi qu'on a retrouvé, dans une cave de Provins, un parchemin rédigé par un membre de la confrérie. Sais-tu ce que dit ce texte ?

– Non. Tu penses que ce serait lié à… ?

Glandon interrompit son neveu et rassembla ses souvenirs. Cédric le vit plisser les yeux comme s'il parcourait dans sa mémoire le précieux manuscrit.

– « *Si comes obierit, cujus filius nobiscum sit, filius noster, cum ceteris fidelibus nostris, ordinet de his qui illi plus familiares et propinquiores fuerint, qui cum ministerialibus ipsius comitatus et episcopo ipsum comitatum praevideat, usque dum nobis renuntietur. Si autem filium parvulum habuerit, isdem cum ministerialibus ipsius comitatus et episcopo, in cujus parochia consistit, eundem comitatum pravideat*[1]*, donec ad nostram notitiam perveniat. Si vero filium non habuerit, filius noster, cum ceteris fidelibus nostris, ordinet qui cum ministerialibus ipsius comitatus et episcopo ipsum comitatum praevidest, donec jussio nostra inde fiat. Et pro hoc nullus irascatur si eundem comitatum alteri, cui nobis placuerit, dederimus quam illi qui eum hactenus praevidit. Similiter et de vassallis nostris faciendum est.* »

– Du latin ? !

– Absolument ! Mais il y a encore plus troublant : figure-toi que les neuf chevaliers logeaient dans les ruines du Temple de Salomon. Est-ce que tu devines comment on les appelait… ?

– Dans le temple, tu dis ?… Les Templeurs ?… Les Templiers ?! Bon sang, tu avais raison !

– Et ce n'est pas tout ! Dans le sous-sol du Temple de Salomon, les Templiers ont découvert des manuscrits moisis contenant des informations susceptibles de faire exploser la Chrétienté tout entière si elles étaient divulguées. C'était plus que n'en pouvait tolérer le pape Clément V. Très vite, une infâme campagne de calomnie fut lancée pour discréditer les Templiers. On

1. C'est nous qui soulignons *(N.D.A.)*.

prétendit qu'ils étaient sales, bruyants, cachottiers et, plus intéressant, détenteurs d'une technique secrète de lutte à main plate héritée de la Grèce antique et païenne…

– Le coup du lapin !

– Patience, te dis-je. Laisse-moi finir ma digression… Selon les traditions les plus ancestrales, la science du combat a été transmise aux hommes par les dieux de l'Olympe. Comme tu t'en doutes, l'église catholique n'a aucun intérêt à ce que cela s'ébruite. Pourtant, des évangiles apocryphes découverts dans les caves du Vatican démontrent que le Christ était lui-même un excellent lutteur qui n'hésitait pas à en venir aux mains avec les pharisiens fourbes et hypocrites[1]. Bref, les Templiers se retrouvèrent en possession des secrets du pancrace !

– Du quoi ?

– Du pancrace grec. Selon les anciens Grecs, c'est Thésée qui aurait inventé le pancrace pour terrasser le Minotaure. L'art du pancrace devait rester secret et chaque athlète détenteur de ce savoir devait le protéger au mieux. Notamment la fameuse clé qui impose une flexion brutale de la tête vers l'avant puis vers l'arrière assortie d'une rotation cranio-cervicale dans l'axe spinodorsal.

– Tu veux dire que ce serait un descendant templier de Thésée qui aurait fait le coup du lapin à monsieur de Vaugoubert ?

– Hélas ! On ne peut exclure aucune hypothèse à ce stade de l'enquête…

1. Cf. *Kick Boxing à Nazareth : l'enquête*, Collectif, Desclée de Brouwer, 2001.

Pas très loin de là, dans la salle de télésurveillance du musée, la brigadière-chef Lucienne Bourdette et le brigadier Godefroid Vautrin se frottaient les mains de satisfaction. Grâce aux deux écrans de contrôle de leur console, ils pouvaient observer, écouter et même enregistrer tout ce qui se passait dans la boutique. Quand Cédric et Glandon avaient pénétré dans le MATH, les deux intrus avaient coupé, à leur insu, plusieurs des invisibles rayons à infrarouges assurant la protection des salles. Une discrète alarme avait ainsi été silencieusement transmise au commissariat du 3e arrondissement. Le commissaire Fichet-Bauche avait aussitôt envoyé ses deux meilleurs éléments en reconnaissance.

Ce que le commissaire ignorait, c'est que les deux simples flics Vautrin et Bourdette étaient également deux militants particulièrement actifs de l'association fortement controversée « Get Out Paris ».

Chapitre 4

Le HeadQuarter, HQ pour les habitués, est l'un des plus vieux bars gays de Paris. Certains historiens font remonter sa création au IIIe siècle av. J.-C., époque à laquelle un petit peuple gaulois, les Parisii, construisit un pont sur la Seine permettant de taxer les échanges de marchandises entre le nord et le sud de ce qui n'était pas encore le périphérique. D'autres sources affirment que c'est le proconsul Labienus, un lieutenant de César, qui aurait eu l'idée d'installer des thermes à Saint-Michel, des arènes à Cardinal-Lemoine, et un débit de boissons souterrain susceptible de résister en cas d'invasions barbares.

De leur côté, les médiévistes font remonter l'existence du HQ au XIIe siècle et attribuent sa fondation au Chevalier en Chef de la Fédération Parisienne des Templiers qui aurait voulu fonder une « Taberna occulta » réservée aux croisés souhaitant perpétuer, à l'abri des non initiés, les gestes secrets d'amitié virile appris pendant leurs années de promiscuité sur les routes. Après les persécutions de Philippe le Bel, l'établissement serait passé aux mains des Rose-Croix puis des Francs-Maçons, chacune de ces sociétés ajoutant ses perfectionnements architecturaux et ses idées déco aux souterrains.

Durant la Seconde Guerre mondiale, c'est là encore que le major Übermensh aurait souhaité établir son QG français des Sections d'Assaut. En tout état de cause, ce qui est historiquement établi grâce aux témoignages de voisins mécontents, c'est que le *rainbow flag** flotte sur la façade de l'établissement depuis 1978, année même de son invention par Gilbert Baker à San Francisco[1].

Au rez-de-chaussée, le HQ offre toutes les rassurantes apparences d'un paisible bar à moustaches. La clientèle, visible de la rue, est essentiellement composée de teddy bears* dodus qui en veulent, de lascars poilus et tatoués en chemise bûcheron et de gros bras en débardeur « *routier but chic* ». La déco, récemment rafraîchie « *façon cabine de poids lourds* » par D&G, est soignée mais facile à vivre. Les matériaux choisis, protège-banquettes en polyamide, tables basses recouvertes de simili cuir noir ou rouge, cendriers Ricard, tapis de sol à picots en caoutchouc... incitent à adopter la *truck attitude**. Les deux décorateurs milanais ont d'ailleurs poussé le raffinement jusqu'à installer une pompe à essence *vintage* et des distributeurs de cambouis près des toilettes. L'ensemble respire la vieille bière, le produit d'entretien pour le skaï, et l'eau de toilette masculine.

Dès que le Maître lui eut communiqué le *dress code* du HQ, Guazzinella avait dû improviser une tenue de circonstance. Elle avait quitté ses atours de Reine de la Nuit et s'était grossièrement débarbouillée dans le petit lavabo de sa chambre de bonne. D'après les indications du Maître, il lui fallait impérativement mettre

1. L'auteur tient à remercier Google et Wanadoo pour leurs précieuses recherches historiques.

la main sur des vêtements masculins. Elle avait fini par retrouver, sous des tas de perruques dégarnies, de vieux cartons datant d'un temps où elle ne s'appelait pas encore Guazzinella.

Une époque presque oubliée où sa route n'avait pas encore croisé celle du Maître.

Malgré sa hâte d'en finir avec sa nouvelle mission, elle manipula en tremblant légèrement ces vestiges de son passé, soigneusement pliés et emballés dans de petites housses translucides et antimites. Elle les ouvrit lentement, une par une. Et elle eut l'impression que son menton épilé frémissait légèrement sous le coup d'une émotion dont elle ne se serait plus crue capable.

N'oublie jamais que revenir en arrière ne permet pas d'avancer, lui avait enseigné le Maître. Il avait sans doute raison, une fois de plus. Alors, courageusement, elle avait repris son exploration. Il y avait là un survêt bleu, trois paires de chaussettes blanches en coton, un peigne édenté, une cravate fantaisie, une trousse de toilette vide, des T-shirts déteints, des rangers, un bomber kaki et même des slips surgis de son passé enfui, quand elle portait encore des sous-vêtements Marc Anthony*.

Guazzinella s'appelait alors Didier Martinaud. Et Didier était « videur physio » à l'entrée de boîtes de la banlieue profonde. Parfois, en extra, le jeune homme au crâne rasé donnait un coup de main au service d'ordre du Kop de Boulogne pour séparer, à coups de batte de base-ball, les Boulogne Boys des Tigris Mystic du virage d'Auteuil.

D'autres fois, il accompagnait ses copains dans leurs « virées tsiganes » qui consistaient, comme leur nom l'indique, à dissuader l'immigration de devenir sédentaire en France.

Oui, Didier avait été skinhead. Il avait cassé des abribus et du Noir, protégé les valeurs de l'Occident sans trop savoir où c'était sur la carte. Il avait chanté des chants gutturaux et bu beaucoup de bière brune. Dans les zones industrielles, devant l'entrée des « Macumba » dont il interdisait l'accès aux faciès non conformes, il avait passé des nuits entières à apprendre à haïr ses contemporains, hommes et femmes confondus, à l'exception de Mylène Farmer, Patricia Kaas et Sylvie Vartan, car il avait lu quelque part qu'elles avaient beaucoup souffert dans la vie.

C'était avant... Quand, encore en gestation dans son cocon, Didier, la larve au crâne rasé, ignorait qu'elle deviendrait un jour une flamboyante libellule de 2,50 m, aux cheveux roses, travaillant pour un Maître, sévère mais juste.

Guazzinella traversa le rez-de-chaussée du club sans s'arrêter. Le Maître lui avait expliqué que, sous son apparence débonnaire de bar *bear* et moustaches, le HQ cachait trois sous-sols de *hard cruising**, véritable enfer, ou paradis, du vice extrême.

Dans ces labyrinthes souterrains et voûtés, les clients de la section hard du club trouvaient de quoi assouvir la plupart des fantasmes et pratiques SM disponibles sur le marché du sexe de groupe : *gang bang*, uro, *fist fuching**, *bare baking**, fétichisme du slip kangourou, punitions collectives, étirage, malaxage, écartage, cire dc bougies, pincements de seins, lavements glacés ou bouillants, électro-stimulation, camisoles en crin qui gratte, fouet à boules et hameçons, petit orteil frappé sur un coin de meuble, *bondage* au chatterton...

Guazzinella avait enfilé ses vieux rangers, son survêtement bleu et un sweater gris. Par-dessus le tout, elle avait passé la salopette de travail d'un dépanneur du gaz, croisé par chance et à qui elle avait fait le coup de Thésée au Minotaure. Sans se retourner sur les commentaires flatteurs qui saluèrent sa traversée du rez-de-chaussée, elle se rendit directement, comme le Maître le lui avait indiqué, vers une porte noire située à droite du comptoir et au-dessus de laquelle brillait une enseigne lumineuse.

« Accès réservé », annonçait le néon clignotant rouge. Elle frappa du poing et la porte rendit un son de métal plein. Après quelques secondes pendant lesquelles elle se sentit observée, un judas à hauteur de visage s'ouvrit en grinçant.

– C'est quoi, ce déguisement ? demanda une voix masculine.

– EDF/GDF, répondit Guazzinella en indiquant du doigt le logo brodé sur sa poitrine.

– J'ai pas ça dans ma liste, répondit la voix.

Guazzinella contint autant qu'elle le put un irrépressible mouvement d'énervement. Elle respira profondément et s'adressa à la voix en regardant ses pieds encore douloureux pour faire diversion.

– Le *dress code* d'ici, c'est bien « cuir, latex, uniforme », non ?

– Affirmatif. Mais moi, comme uniforme, j'ai : grutier, militaire de carrière, CRS, police montée, vendeur Darty, scout marin, pilote de ligne, Père Noël, carabiniers, légionnaire, Village People toutes options, colonel SS, altermondialiste, GIGN, pompier… À la limite, je pourrais accepter facteur ou contrôleur SNCF… Mais j'ai rien à EDF/GDF, je regrette, je ne peux…

Avant qu'il ait pu finir sa phrase, Guazzinella avait passé son bras à travers la petite trappe de contrôle et elle commençait à serrer le cou du Cerbère au niveau de la pomme d'Adam.

– Écoute-moi bien, crétin à moustaches : soit tu rajoutes très vite les employés du gaz à ta liste, soit je finis de te presser la carotide jusqu'à ce que tu aies l'impression qu'on vient de te couper le courant.

La porte s'ouvrit dans un cliquetis métallique couvrant à peine les râles rauques du gardien qui essayait de retrouver son souffle.

Chapitre 5

À la boutique de souvenirs du MATH, Glandon ne parvenait pas à détacher ses yeux du corps assis par terre. Que pouvait bien signifier ce déguisement ? Pourquoi, avant de mourir, le conservateur avait-il souhaité sa présence et celle de Cédric sur les lieux de son assassinat ? Et quelle était la signification exacte de son dernier message ? Bien malgré lui, il se retrouvait une fois encore plongé au cœur d'un mystère de notre temps qui le dépassait[1].

– Qu'est-ce que tu penses de tout ça ? demanda Cédric pour briser le silence qui devenait pesant.

– Le plus simple serait évidemment de conclure que Gédéon de Vaugoubert était le Chanoine des Templiers, qu'il détenait l'emplacement du Saint-Graal et qu'un espion albinos à la solde du Vatican est venu le lui voler. Mais il faut toujours se méfier des évidences, mon garçon… Et il y a quelque chose qui cloche dans tout ça.

– J'ai la même impression que toi, mais quoi ?

– Je crois qu'il a voulu nous dire quelque chose avant de mourir…

– Sa mort n'aurait donc pas été subite ?

1. Voir également : *Ces mystères de notre temps qui nous dépassent,* du même auteur.

– De même que certains canards continuent à courir après qu'on leur a tranché la tête, pour les êtres d'exception, comme l'était indubitablement mon ami Gédéon, le coup du lapin laisse parfois quelques minutes de répit avant de produire tous ses effets.

– Pourquoi alors ne pas avoir appelé à l'aide ?

– Avec sa tête désolidarisée du corps, il ne devait pas être commode pour lui de parler distinctement au téléphone…

– Ce qui expliquerait qu'il ait préféré m'envoyer un message écrit pour demander de l'aide…

– Et aussi qu'il se soit déguisé pour nous faire comprendre quelque chose. As-tu remarqué que tout ce qu'il porte, à l'exception de sa perruque habituelle, est en vente à la boutique du musée ?

– Tu veux dire qu'il s'est habillé sur place ? Dans ce cas, où sont les habits qu'il avait au moment de son agression ?

– Je parierais qu'ils ne sont pas loin…

– Là, regarde !

Cédric venait de découvrir un tas de vêtements soigneusement pliés et rangés au pied d'un présentoir à *cockrings** sur lesquels étaient gravés des prénoms.

– Et il y a ça, aussi…

Glandon se pencha vers le cadavre dont le poing droit était fermé. Entre le pouce et l'index, un bout de papier froissé dépassait. Il desserra aussi délicatement que possible la main déjà rigide du conservateur, récupéra la feuille et la déplia.

Il s'agissait d'un papier à lettres à en-tête du musée. Glandon lut les lignes penchées que Gédéon, sans doute gêné par la rupture de ses vertèbres cervicales, avait tracées d'une main peu assurée. Ses bras se mirent à trembler. Cédric, qui n'avait cessé de l'observer, le vit blêmir mortellement.

– Que se passe-t-il, tonton ? A-t-il laissé un autre message sur cette feuille ? Le nom de son assassin ? Pourquoi fais-tu cette tête ?

Après avoir hésité quelques secondes, Glandon tendit, sans dire un mot, le papier à Cédric. À son tour, celui-ci s'abîma dans la lecture. Le texte commençait par ces mots :

« Adieu Monsieur, tout est fini... »

Au contraire de celui de son oncle, le visage de Cédric ne refléta qu'une consternation croissante. Quand il eut fini de déchiffrer le texte, il leva les yeux vers Glandon.

– Je ne comprends pas ce qu'il a voulu nous dire. Ça n'a aucun sens et ça rime à peine. On dirait une suite d'images sans queue ni tête, du Barbelivien sous ecsta. Je crois que je n'ai jamais rien lu de pareil...

Glandon fixait intensément son neveu. Les rides naissantes de son front s'étaient creusées, son regard, devenu flou et incandescent, semblait regarder Cédric du fond des âges farouches. Il lui sembla soudain que des milliers d'années de décalage horaire pesaient sur ses épaules déjà un peu voûtées. Il se sentit brusquement vieux et fatigué. *Il fallait que cela arrive un jour...* Mais pourquoi lui ? Pourquoi maintenant ?

Cédric le tira de son voyage intérieur.

– Réponds-moi, tonton ! Je dois savoir : qu'est-ce que cela veut dire ?

– À ma connaissance, personne ne le sait...

– Mais enfin, qu'est-ce que c'est ?

– Certains disent que c'est une mélopée, pour d'autres c'est une complainte, une incantation, une lamentation... d'autres encore prétendent que c'est la clé du plus grand mystère de tous les temps...

– Comment cela s'appelle-t-il ? Cela a-t-il un nom ?

Dans la salle de surveillance du musée, la brigadière-chef Bourdette et le brigadier Vautrin suivaient la conversation de Cédric et de Glandon sur les écrans de contrôle. Le son capté dans la boutique du musée était de qualité suffisante pour leur permettre de saisir chacune des étapes de la discussion. Les nerfs des deux collègues étaient tendus à l'extrême.

Glandon, premier « témoin » rencontré sur les lieux du crime, faisait un suspect idéal pour l'enquête policière qu'ils allaient devoir mener.

De plus, pour leur association de *outing*, Glandon était déjà une vieille connaissance. Dans les fichiers de la très controversée association « Get Out Paris », l'universitaire était inscrit en « liste noire » comme « honteuse* » de première catégorie.

Malgré sa notoriété et son audience internationale, l'universitaire franco-américain avait en effet toujours refusé de rendre publiques et officielles ses préférences sexuelles sous le commode et fallacieux prétexte qu'elles ne regardaient que lui. Ce faisant, non content de s'opprimer lui-même, la « honteuse Glandon » était devenue de fait une alliée objective du lobby hétéro, toujours prompt à récupérer les tièdes.

D'un naturel emporté et nerveux, le brigadier Vautrin avait voulu intervenir dès que les deux intrus avaient été repérés devant le cadavre du conservateur. Plus fine, non pas physiquement, mais intellectuellement, la brigadière-chef Bourdette avait tempéré les impatiences de son fidèle adjoint en lui suggérant d'écouter sans être vus les propos des deux suspects.

Ils auraient ainsi tout le temps de savourer cette aubaine : retrouver Glandon sur les lieux de l'assassinat d'un des papes, et bientôt martyr de la cause gay et lesbienne. D'ailleurs, d'une certaine façon, Cédric Pichon ne menait-il pas à leur place l'interrogatoire de

Glandon ? Pour le moment, il fallait d'ailleurs avouer que, s'il était coupable, l'universitaire jouait à la perfection l'effarement et l'incompréhension.

Mais l'art de la feinte et de la dissimulation n'est-il pas consubstantiel à la nature d'une « honteuse » ?

La question de Cédric avait résonné avec un infime décalage dans la boutique de souvenirs et dans la salle de contrôle du musée.

– Comment cela s'appelle-t-il ? Cela a-t-il un nom ?

Un silence accablant s'installa durant lequel Glandon sembla hésiter et peser le pour et le contre. Il regarda une fois encore le cadavre du conservateur, puis le visage de son neveu, puis ouvrit ses mains vers le ciel comme Barbara saluant son public un soir de première au Châtelet.

Dans la salle de surveillance, Bourdette, la brigadière-chef, oscillait d'avant en arrière en rongeant la visière de sa casquette de service. La jugulaire de son adjoint Vautrin semblait prête à exploser tant la tension était palpable.

Après avoir détourné son regard de celui de son neveu, Glandon dit d'une voix blanche, les yeux perdus, comme s'il fixait un point à l'infini de l'horizon :

– *Darla Dirladada*...

Chapitre 6

Une fois la lourde porte en métal franchie, Guazzinella se retrouva au sommet d'un escalier de pierre en colimaçon, mal éclairé par de petits spots rouges. Les marches semblaient s'enfoncer, telle une vis sans fin, dans les entrailles de la terre. La *drag queen* travestie en employée du gaz descendit lentement les premiers degrés, laissant à ses grands yeux le temps de s'accoutumer à la pénombre. Elle était encore à quelques mètres du premier palier lorsque commencèrent à se faire entendre des bruits de chaînes, des grognements, des soupirs, des frottements et de brèves instructions données sur un ton comminatoire. Elle décida de commencer ses recherches par là et poussa une porte à double battant.

L'endroit baignait dans une lumière bleutée. Guazzinella ne distingua d'abord qu'un attroupement de motards de la gendarmerie. Le groupe encerclait un homme entièrement nu, à l'exception de cuissardes façon Francis Lalanne. Pour se sentir plus à l'aise dans la touffeur de l'espace confiné, les motards n'avaient conservé de leurs uniformes que les chemisettes, les casques et les bottes.

– Dis-le que t'as doublé par la droite ! rugissait l'un des gendarmes qui portait des lunettes de soleil sous la visière de son casque blanc.

Le chauffard aurait visiblement aimé pouvoir se justifier, mais une boule de plastique blanc lui obstruant la bouche, il ne parvenait qu'à émettre des borborygmes incompréhensibles. Ce qui lui valait, à chaque nouvelle tentative, un coup de fouet du chef d'équipe approuvé par les râles et les « ouaiaiaais » rauques de l'ensemble du groupe.

Comment osent-ils profaner la présence du Grand Piquet avec leurs jeux de dégénérés ? pensa Guazzinella en serrant les dents.

Mais, tendue vers sa mission, elle poursuivit son chemin sans étrangler personne et déboucha sur un corridor sombre desservant une série de cellules fermées par des portes de saloon. Elle les poussa une à une, dérangeant au passage de singuliers rituels. Ici, une séance de coulage de fondue savoyarde ; là, une momification au scotch de déménageur ; juste à côté, un prétendu proctologue officiait. Plus loin, un bricoleur en salopette trouée procédait à une pose de pinces-crocodile… Dans un ultime box, des tasseurs s'apprêtaient à déguster du pain perdu… Vers ceux qui protestaient contre son intrusion, Guazzinella brandissait son poing tendu. Une dissuasion ou une tentation, selon les préférences de chacun.

Mais à l'issue de sa fouille minutieuse, elle dut se rendre à l'évidence : le Grand Piquet ne se trouvait pas à cet étage. Elle reprit sa descente et poussa la porte du niveau - 2.

Là, elle sentit immédiatement que l'ambiance était loin d'être aussi bon enfant qu'à l'étage du dessus. Le long d'un mur en pierres apparentes, une dizaine de clients, la tête enveloppée d'une cagoule noire munie de fermetures Éclair au niveau des yeux et de la bouche, étaient attachés par les bras, les jambes et, de façon plus générale, par tout ce qui offrait une prise, à des chaînes pesantes. Le silence qui régnait dans la pièce surprit Guazzinella qui ôta la cagoule d'un des suppliciés :

– Qu'est-ce que vous foutez là, pendus comme des jambons ?

L'homme la regarda, fou de terreur, et resta muet. Guazzy prit son air menaçant et le prisonnier finit par tourner les yeux en direction de ses oreilles. Elle y découvrit des écouteurs.

– C'est ça, votre punition ? Écouter des trucs sans pouvoir les arrêter ?

Elle délivra la victime d'un des écouteurs, l'approcha de son oreille et étouffa un juron.

– Vacherie ! dit-elle en lâchant prise comme si elle s'était brûlée à l'acide.

Légèrement sonnée, elle procéda à un rapide contrôle du reste de la salle de torture en évitant de penser à ce qu'elle venait d'entendre. Elle n'y trouva aucune trace du Grand Piquet et décida de descendre sans plus tarder au troisième sous-sol. *Ce qui est profond n'est jamais en surface,* lui avait un jour enseigné le Maître. Guazzy comprit que si elle s'était souvenue plus tôt de cette maxime, elle aurait commencé à chercher directement au dernier souterrain et elle n'aurait pas eu à croiser les regards suppliants et désespérés de ces malheureux contraints d'écouter Sandrine Kiberlain en boucle des nuits entières.

En descendant les marches qui la séparaient du niveau - 3, Guazzinella sentait qu'elle avançait dans la bonne direction et qu'elle finirait forcément par toucher au but. *Pour la satisfaction du Maître...,* se dit-elle *mezza vote.*

Ne Lui devait-elle pas obéissance, fidélité et réussite ? Que serait-elle devenue sans Lui ? Sans cette soirée qui avait tout changé dans sa vie ?

Pour se donner du courage dans sa mission, elle décida de s'offrir un flash-back sur ses années « d'avant Le Maître ». C'était au Gymnase Youri-Gagarine de Villeneuve-La-Vieille, petite cité-dortoir du 95.

Didier avait été embauché dans le service d'ordre du « Bécassine Tour 2001 ». Cette tournée, aussi triomphale qu'inattendue, signait le grand retour sur scène de Chantal Goya. Avec les remix techno-house de ses tubes *Captain Flam, Adieu, les jolis foulards, Pandi Panda...* et tant d'autres, la chanteuse avait réussi un éphémère mais spectaculaire *come back*.

Ce soir-là, dans cette salle polyvalente mal chauffée, son destin avait basculé.

Quelques minutes avant le début du spectacle, le feu s'était déclaré dans la loge des Bisounours qui assuraient la première partie du show. Une panique générale s'en était aussitôt suivie. Sans être absolument fan de la Goya, Didier appréciait l'univers propre et rassurant de ses chansons qui fleuraient bon l'enfance innocente, les mercredis après-midi devant la télé, et les travestissements secrets devant l'armoire à glace de la chambre de ses parents. Il savait aussi que Chantal était une amie de Sylvie Vartan et que sans Sylvie, il ne serait peut-être déjà plus de ce monde. C'est sans doute pour ça que, n'écoutant que son instinct, Didier avait remonté le flot des fuyards et sauvé *in extremis* la chanteuse et son lapin géant, tous deux choqués mais indemnes.

Sur le chemin qui le ramenait à son très vieil appartement rue Sarasate, dans le 15e arrondissement, Didier avançait dans le froid, serrant les poings au fond des poches de son vieux bomber râpé. Dans une artère déserte, une voiture s'était arrêtée à sa hauteur, tous phares éteints. La vitre fumée de la portière arrière descendit silencieusement et une voix sortit de l'habitacle. Cette voix vibrait d'un timbre plus chaud, plus grave et plus sensuel que tout ce qu'il avait entendu jusqu'alors. Il en fut troublé jusqu'au fond de son être.

– Félicitations pour tes exploits de ce soir, mon jeune ami.

– Rapport à l'incendie où j'ai procédé à un sauvetage, vous voulez dire ? Bah, je n'ai fait que mon devoir..., répondit Didier étrangement intimidé.

– Et ça te dirait de faire ton devoir plus souvent ? Tu es encore jeune, bien charpenté, de grande taille, tu n'as pas froid aux yeux...

– J'ai déjà un boulot...

– Certes, mais je crois que tu n'as pas encore trouvé ta véritable identité...

– Qui êtes-vous ?

– On m'appelle « le Maître ». C'est tout ce que tu as besoin de savoir de moi. Obéis à mes ordres et tu ne le regretteras pas.

– Que voulez-vous de moi ?

– *Il faut devenir ce que l'on est et non pas être ce que l'on devient,* souviens-toi toujours de ça.

Guazzinella s'en souvenait encore. C'était la toute première fois que le Maître lui confiait une de ses maximes. Du fond de son Audi noire, la voix reprit, plus troublante que jamais.

– Tu es née pour devenir une *drag queen* de combat...

– Moi ?! Mais pourquoi moi ?

– *Le chameau qui a soif ne regarde pas s'il a plu dans le puits...*

– Je ne suis pas sûr de vous suivre... Tout ça est si soudain pour moi.

– C'est normal, ne t'inquiète pas. Tu veux savoir pourquoi je t'ai choisi ? Eh bien, tout à l'heure, je t'ai vu distribuer quelques bonnes baffes à toutes ces tapettes effarouchées qui s'enfuyaient en couinant comme des marcassins. Nous avons besoin de gens comme toi…

– Nous ? Qui ça, nous ?

– As-tu entendu parler de l'Oups Dei ?

– Heu… non, désolé.

– Ne t'excuse pas, c'est normal. Nous n'avons jamais réussi à passer dans *Envoyé Spécial.* Comme nous sommes contre le suicide collectif, les médias nous prennent pour d'inoffensifs psychorigides exaltés à tendances sectaires. Mais cela ne nous détournera jamais de notre but ultime.

– Et c'est quoi, votre but, exactement ?

– Corriger la *Gaffe Divine* et résoudre un des plus grands mystères de notre temps. Nous avons besoin de ton courage et de ta force…

Didier n'en croyait pas ses oreilles rougies par le froid.

– Vous m'avez vu tout à l'heure ? Vous étiez là ?

– Tout près de toi. C'est moi qui ai mis le feu…

– Vous ! ? Pourquoi ?

– Je t'expliquerai peut-être un jour. En attendant, je crois que si tu parviens à maîtriser ta force et à la mettre au service de la Grâce, je peux faire de toi une « Reine de la *night* ».

Chapitre 7

Darla Dirladada. Les mots de Glandon flottaient encore lugubrement dans la salle de contrôle du musée. À bout de nerfs, la brigadière-chef Bourdette grinça longuement des dents, ce qui donna la chair de poule au brigadier Vautrin. Les deux flics étaient à cran.

– Il se fout de nous ! finit par lâcher Bourdette en sautant du haut tabouret où elle s'était perchée pour observer les écrans de surveillance.

Petite et corpulente, casquette à la main, la brigadière-chef suait et soufflait, évoquant irrésistiblement à son adjoint une boule de linge rebondissant dans une machine à laver à hublot.

– Il faudrait que Glandon se sache observé pour se foutre de nous. Or il ne sait pas que nous sommes là, fit remarquer calmement Vautrin.

– Ah oui ?! aboya Bourdette. Mais alors, si ce n'est pas lui qui a mis ce papier dans les mains du mort, pourquoi, au lieu d'appeler la police, Vaugoubert aurait-il recopié les paroles de cette chanson avant de mourir ?

Vautrin dut admettre qu'il n'avait aucune explication à fournir. La brigadière-chef Bourdette reprit son implacable démonstration en continuant de tourner en rond dans le minuscule local de surveillance.

– N'oublie jamais que Glandon est une honteuse qui n'a jamais voulu nous aider à balancer ses amis gays et lesbiennes. Or, une honteuse, ça se croit toujours observée et donc ça essaie de donner le change. Tu n'as pas remarqué comme il tourne le dos à la caméra ? Il aurait quelque chose à cacher qu'il n'agirait pas autrement…

Vautrin réfléchit quelques secondes puis hocha la tête en signe d'assentiment. Il réalisait une nouvelle fois que sous ses dehors *butch** de professeur de gym des collèges, sa brigadière-chef cachait plus de subtilité que n'en laissaient supposer sa coupe au carré et son look Decathlon. Sans être, évidemment, attiré physiquement par elle, il admirait néanmoins secrètement sa lucidité et son sens de la psychologie. Il tenta de reprendre la main.

– Donc il sait que nous l'écoutons et que nous le voyons, et il nous emmène sur une fausse piste.

– Attention ! rectifia-t-elle aussitôt. C'est une vicieuse. Il sait que nous savons qu'il sait que nous l'observons ! Donc, s'il nous envoie des messages pour nous faire croire qu'il nous met sur une fausse piste, celle-ci peut très bien, au final, être la bonne…

– Tu veux dire que Vaugoudert aurait vraiment écrit les paroles de *Darla Dirladada* sur un bout de papier avant de mourir et que Glandon, se sachant observé, veut nous faire croire que c'est une fausse piste et qu'il se fout de nous ?

– On ne peut exclure aucune hypothèse même si, quoi qu'il en soit, il ne faut pas perdre de vue que c'est Glandon qui a fait le coup.

– Il a écrit lui-même les paroles de *Darla Dirladada* ? Mais pourquoi aurait-il fait cela ?

– Pour nous mettre sur une fausse piste qui, en réalité, est la bonne. Je te répète que c'est un subtil, un retors, un tordu.

À cette idée, la brigadière-chef Bourdette grinça de nouveau des dents et caressa machinalement son revolver de service dans son étui. Geste qui n'échappa pas à son adjoint.

– Bon, alors cette fois on y va et on les coince, chef ? demanda Vautrin, de plus en plus impatient d'en finir avec des raisonnements qu'il ne maîtrisait pas totalement.

– D'abord, je dois passer un coup de fil au commissaire pour lui dire où nous en sommes. J'aimerais voir sa tête quand il va apprendre que Vaugoubert a été assassiné et que nous avons trouvé son vieux copain Glandon sur les lieux du crime…

Pendant ce temps-là, dans la boutique de souvenirs du musée, Cédric reprenait peu à peu ses esprits.

– Tonton, nous ne pouvons pas rester là plus longtemps. Il y a eu meurtre et l'assassin est peut-être encore à l'intérieur du musée. Nous devons prévenir la police…

– La police ? Tu n'y penses pas sérieusement, mon enfant… Je connais le commissaire du 3e arrondissement. C'est un abruti qui ressemble à Jean Reno. J'ai déjà eu affaire à lui au musée des Arts décoratifs[1]. Figure-toi qu'il me soupçonnait alors que, le soir du drame, je bouclais le cycle de conférences « Kylie Minogue et la déception du point G » à Lyon II. En plus, il a deux subalternes, une fille et un type. De vrais pitbulls qui semblent m'en vouloir personnellement comme si j'avais noyé leur chat.

1. Voir *L'Affaire des doubles rideaux,* du même auteur.

– Mais que faire d'autre, si on ne va pas à la police ?

– Dans ce genre d'affaire, le mieux est toujours de s'enfuir et de prouver soi-même son innocence. Sinon, entre l'engorgement des tribunaux et la mode des erreurs judiciaires, on ne sait jamais quand on sortira de préventive. Prends des clichés de la victime et de la scène du crime avec ton téléphone portable, et filons !

Au numéro 4 de la rue aux Ours, en plein cœur du 3e arrondissement de Paris, le commissaire divisionnaire Fichet-Bauche n'en croyait pas ses oreilles.

– Vaugoubert ! ? Assassiné dans son musée ? Et vous dites que cette rognure de Glandon est encore sur les lieux ? Êtes-vous absolument certaine de ce que vous avancez, brigadière-chef Bourdette ?

– Affirmative, commissaire. Quand nous sommes arrivés, nous avons constaté de visu et de nos propres yeux que le suspect était encore debout devant sa victime. Et il n'est pas seul, il est accompagné d'un jeune homme.

– Un jeune homme ? Tiens, tiens…

Fichet-Bauche nota soigneusement dans un coin de sa tête ce détail qui pourrait éventuellement s'avérer crucial dans la future reconstitution des événements. Pour le moment, il savait qu'il était prématuré d'essayer de réfléchir. Le plus urgent, c'était de boucler cette écorniflure de Glandon, de lui faire signer des aveux circonstanciés et de prévenir la presse. Le commissaire regarda nerveusement sa montre : minuit moins cinq minutes. *Le Figaro* et *Libé* étaient sans doute déjà bouclés. Il restait donc *Le Monde* et surtout *Le Parisien* où il connaissait personnellement le chef de la rubrique « Faits divers ». Avant de se rendre sur les lieux du meurtre, il passerait les coups de fil nécessaires. Pour les télés et les radios, le planton de permanence se chargerait d'activer le plan média habituel.

À l'autre bout du fil, un grincement de dents se fit entendre. La brigadière-chef Bourdette s'impatientait.

– Alors, commissaire, on le boucle, ce bâtard ?

– Évidemment ! Et son complice aussi ! Mais surtout pas de bavure ni de risques inutiles. Contentez-vous de fermer toutes les issues du musée, restez où vous êtes et attendez-moi. J'arrive !

Malgré le temps sec qui régnait depuis quelques jours sur la capitale, Fichet-Bauche avait passé sa gabardine beige par-dessus son costume gris. Comme une vieille complice, il la gardait toujours à portée de main pour les arrestations en direct. Il savait qu'elle lui donnait une allure de flic de *prime time, à* mi-chemin entre Roger Hanin et Guy Marchand. Un type du genre coriace, désabusé et fédérateur qui impressionnait toujours les assassins et passait bien à l'image.

Une fois sur le trottoir, il inspira profondément l'air printanier qui embaumait la nuit parisienne, hésita à commander une voiture avec chauffeur et gyrophare, puis se ravisa.

Après tout, il avait tout son temps.

La soirée était si belle et si douce ! Les journalistes ne seraient pas là avant une bonne demi-heure. Il décida de se rendre à pied au MATH.

Oui, il avait le temps. Tout le temps.

Le temps de savourer sa vengeance.

Le temps de s'habituer à l'idée que, ce soir, il bouclerait enfin cette crevure de Glandon…

Chapitre 8

Guazzinella arriva sur le palier desservant le troisième et ultime sous-sol du HQ et se trouva face à une porte en verre dépoli sur laquelle était collé un panneau demandant, en lettres grasses et comminatoires :

Veuillez laisser vos habits au vestiaire.
La direction.

Elle s'arrêta quelques secondes, le temps que les troublants souvenirs de son passé aient laissé toute la place à la concentration qu'elle devait à sa mission. Une sorte de rauque et sourde respiration parvenait de l'intérieur. Une succession, lente et régulière, de « pschhhht » soufflants et de « rrrrrrooo » aspirants. Elle pencha successivement la tête vers la droite puis vers la gauche, tira sur ses phalanges, fit tourner ses mollets et plia les genoux avec, à chaque manipulation, une série de craquements secs.

Elle était prête.

Une vapeur blanchâtre suintait des embrasures de l'entrée. Que pouvait bien abriter cette ultime chambre de vices et de tortures ? Après d'ultimes flexions-extensions des avant-bras et un rapide roulé massé de ses abdominaux, elle poussa la porte. Une épaisse vapeur brûlante à l'âcre odeur d'eau de Javel l'engloutit soudain.

Elle ne distingua d'abord rien. Ses yeux piquaient, sa gorge brûlait, elle titubait dans une obscure clarté blafarde.

Vais-je mourir ? Suis-je déjà morte ? se demanda-t-elle. Et elle s'aperçut que cette idée ne l'effrayait presque pas. *Mourir n'est rien si l'on ne meurt qu'une fois,* avait affirmé un jour le Maître. Cela voulait-il dire qu'il valait mieux mourir plusieurs fois quitte à renaître entre deux morts ou, au contraire, qu'il ne servait à rien de mourir si c'était une fois pour toutes ?

Elle n'avait pas osé le lui demander ; elle avait eu honte de son esprit si lent, si peu préparé à la Sagesse. Et voilà qu'aujourd'hui, si elle devait mourir, ne serait-ce qu'une fois, elle regretterait à jamais sa timidité. Un ruisseau de sueur, qui avait pris naissance à la base de sa nuque, dégoulina brusquement le long de son épine dorsale. Elle frémit. Puis, peu à peu, ses pupilles se dilatèrent et ses yeux s'habituèrent à l'atmosphère ouatée. Quand son champ visuel s'éclaircit enfin, elle distingua des silhouettes, puis des formes, puis des visages. Son regard remarqua un groupe sur sa gauche dont les corps emmêlés formaient un indescriptible et mouvant enchevêtrement humain. Son regard descendit lentement le long de la grappe des chairs ondulantes.

Et soudain, malgré les 43 °C affichés par le thermomètre à diodes luminescentes, Guazzy tressaillit sous l'effet d'un frisson glacé, froid comme l'hiver 54. Non, elle ne rêvait pas : tous les pieds des clients étaient complètement nus ! *Un hammam bare foot !* comprit-elle enfin.

Guazzy avait évidemment entendu parler des *bare backers**, ces adeptes désormais un peu *has been* du sexe sans préservatifs. Mais jamais elle n'avait osé croire à l'existence des *barefooters*[1]. Pour elle, l'existence d'extrémistes prônant la liberté de mouvement des orteils, l'érotisation du risque plantaire et la pratique du sauna et du hammam sans la moindre sandalette de protection, relevait d'une de ces légendes comme la nuit parisienne en comptait tant. Prenant le contre-pied d'années de mobilisation et de lutte contre les verrues et les mycoses, les *barefooters* disposaient pourtant d'écrivains maudits à temps plein, de forums Internet et même de clubs de rencontres « No Sandale ». Dans les établissements spécialisés, semi-clandestins, certains des pratiquants avaient les pieds encore *clean* et venaient juste chercher le grand frisson de la possible contamination.

D'autres, les « Dr Scholl[2] fuckers », déjà infectés, refusaient de changer leurs habitudes. Par fierté pour leurs pieds et par rébellion contre l'hygiénisme des associations podologiques.

Guazzy n'avait elle-même aucune opinion sur les *barefooters* mais le Maître lui avait toujours parlé avec mépris des pratiques collectives qui, au lieu de conduire à la Grâce, épuisent les énergies vitales en de vains ébats, protégés ou pas. Elle revint à elle et à sa mission : trouver le Grand Piquet.

La vaste salle du bain de vapeur, entièrement carrelée en camaïeux de mosaïques bleutées, était organisée en amphithéâtre. Elle commença par en examiner le premier rang, dérangeant au passage quelques clients occupés à s'entremasser les pieds à mains nues. Au

1. De l'anglais *bare* (nu) et *foot* (pied).
2. Né en 1882 dans l'Indiana, le Dr Scholl découvre en 1922 et commercialise la sandale qui porte son nom.

moment où elle débutait ses recherches sur le deuxième niveau, un chauve d'une centaine de kilos l'aborda sans préambule :

– Dis donc, toi ! Qu'est-ce que c'est que cette tenue ? Ici, c'est à poil. Y compris les panards ! T'es pas dans un sauna de pédés en tongs ici. On est des *wart chasers*[1] !

Un voile rouge de colère pure passa devant les yeux de Guazzinella ou peut-être devant ceux de Didier ou peut-être même devant les yeux des deux à la fois. Son lourd ranger droit à semelle crantée s'écrasa pesamment sur la pointe du pied gauche du chauve qui se plia aussitôt en deux sous l'effet de l'indicible souffrance. Alertés par les cris et les bruyantes suffocations de la victime au pied meurtri, d'autres *barefooters s'*approchèrent.

– On peut savoir ce que c'est qui t'envoie en l'air comme ça ? demanda au chauve, toujours plié et couinant, un grand baraqué visiblement excité.

– T'as trouvé un nouveau trip* extrême ? s'enquit un autre poilu en regardant d'un air gourmand la victime se tordre de douleur.

– Ça m'a l'air chaud, ton plan. On peut essayer ? réclama un troisième en se titillant par anticipation la pointe des seins.

Après quelques essais infructueux pour parler, le chauve réussit enfin à indiquer du doigt Guazzinella qui s'était fondue dans la vapeur et poursuivait ses recherches. Les trois *barefooters* la rejoignirent et se plantèrent devant elle.

– C'est toi qui fais cet effet à Lulu-la-verrue ? D'où tu sors, toi ?

Une fraction de seconde, Guazzy hésita à les assommer puis elle pensa à sa priorité absolue : accomplir sa

1. Chasseurs de verrues.

mission ! *Ne parle pas aux inconnus rencontrés dans la rue des grands mystères de notre temps,* lui avait souvent répété le Maître. Elle sentait confusément que cette maxime s'appliquait à une situation comme celle-ci. Elle improvisa donc une réponse pour se débarrasser des gêneurs.

– Je l'ai pas fait exprès. Il aura un bleu demain, c'est tout !

– Pas fait exprès ? Voyez-vous ça… On n'a pas vu le gros Lulu prendre son pied comme ça depuis sa première paire de pinces à seins et toi, tu ne l'as pas « fait exprès » ?

– Et si tu nous faisais voir un peu comment tu t'y prends quand tu fais « pas exprès », proposa l'autre *barefooter* en se malaxant de plus belle les tétons.

– Écoutez, je n'ai pas le temps. Je suis ici en dépannage, improvisa Guazzinella.

– En dépannage ? En dépannage de quoi, si c'est pas indiscret ? demanda le grand baraqué de plus en plus intéressé. Tu voudrais pas nous dépanner comme tu as dépanné le gros Lulu ?

– Bon, d'accord, mais après vous me laissez bosser, OK ?

Les trois *barefooters* acquiescèrent et le ranger de Guazzy atterrit trois fois de suite sur les orteils humides et peut-être déjà couverts de germes bactériens. Sous les cris, les jurons et les râles d'extase, la justicière put enfin reprendre ses recherches.

Le voilà ! Enchâssé dans le carrelage, un gnomon[1], à peine saillant, traversait en biais le troisième cercle de l'amphithéâtre du hammam. Guazzinella avait dû

1. Terme synonyme de « cadran solaire », utilisé notamment par les chevaliers du Graal et les cruciverbistes.

faire répéter plusieurs fois à Gédéon de Vaugoubert ce nom étrange : « gnomon ». Elle avait d'abord cru que le conservateur se moquait d'elle. Ensuite, quand il lui avait prouvé, à l'aide d'un dictionnaire du français abscons, que ce mot existait bien, elle avait fini par se laisser convaincre mais avait eu beaucoup de mal à le mémoriser. Finalement, elle avait trouvé que « gnomon » était une sorte de contraction de gnognotte et de gnon et c'est ainsi qu'elle avait appris ce nouveau vocable difficile.

D'après les derniers mots de sa victime, le gnomon indiquait la direction à suivre pour trouver le Grand Piquet. Le gnomon et le Grand Piquet étaient donc situés tous les deux sur la même droite. Et cette droite, la droite parfaite, la droite de toutes les droites, c'était évidemment celle du Méridien Occulte. Celle qui, si l'on pouvait la suivre sans jamais dévier de sa route, nous conduirait d'un pôle à l'autre jusqu'au bout de l'horizon.

Guazzinella sentit qu'elle touchait au but. Sans doute était-il temps de faire une nouvelle discrète digression afin de ralentir le récit.

Le Maître lui avait expliqué un jour que c'était en 1884, à Washington, qu'avait été prise la décision de compter la longitude terrestre positivement suivant une seule direction, ainsi que l'avaient souhaité les participants à la Conférence géodésique de Rome de 1883.

À cette époque, en effet, la longitude était encore calculée dans deux directions jusqu'à 180°. La longitude *Est* était considérée positive et la longitude *Ouest*, négative. À Washington, la lutte entre les Français et les Anglo-Saxons sur le choix du méridien zéro avait été âpre et rude. Les Français défendirent autant qu'ils purent la candidature de Paris en proposant un magnifique méridien qui traversait la capitale du Nord au

Sud. Leurs adversaires improvisèrent au dernier moment un méridien bâclé qui passait par Greenwich, un bourg perdu de la grande banlieue londonienne. Hélas, malgré un dossier impeccablement présenté et techniquement irréprochable, malgré les milliers de T-shirts « Méridien parisien ! » distribués au peuple et les affiches « Paris aime la longitude zéro » placardées dans toute la ville, ce furent les Anglais, aux termes de manœuvres d'intimidation et de corruption du jury, qui emportèrent la victoire finale. Mais depuis, en dépit de cette défaite officielle, une société secrète entretenait toujours secrètement le méridien occulte de Paris, situé à 2°20'14" à l'est de celui de Greenwich. C'est d'ailleurs sur ce méridien que se trouvent (par hasard ?) le Sacré-Cœur, le pendule de Foucault, la Sainte Chapelle, le trou des Halles, l'Observatoire astronomique de Paris et la Closerie des Lilas… Autant de lieux où, aujourd'hui encore, se pressent chaque jour des milliers de personnes, ignorant tout des Templiers, du pancrace, du Grand Piquet et de l'origine secrète de cet axe fondamental qui traverse la capitale de part en part.

Guazzy suivit en titubant la direction montrée par l'aiguille de laiton. Le gnomon semblait tendu vers une niche faiblement éclairée, aménagée dans la paroi du hammam. Elle s'en approcha, en nage et le cœur battant. Elle découvrit un David de Michel-Ange au 1/3 en imitation marbre de Carrare.

J'ai déjà vu cette tapette à poil quelque part, pensa-t-elle en fouillant dans ses souvenirs. *Le modèle en vente au MATH !* trouva-t-elle enfin. *Je brûle !*

Au même instant, le Maître se servait un généreux verre d'Aberlour hors d'âge. Confortablement installé dans une bergère Maintenon, il laissa son regard errer sur les objets qui l'entouraient en se tapotant la cuisse de satisfaction. Cette Guazzinella était décidément irremplaçable. Si tout se passait comme prévu, il détiendrait bientôt un objet qui ferait de lui l'homme le plus influent de la galaxie.

Chapitre 9

Cédric avait fini de photographier le cadavre quand une voix surgie de nulle part résonna dans le musée désert.

– Ne bougez pas ! Toutes les issues sont bouclées. Nous surveillons vos faits et gestes.

– La police ?! Déjà ! murmura Glandon.

– Hé oui, monsieur Glandon ! répondirent les haut-parleurs. Comme on se retrouve, n'est-ce pas ? Le commissaire Fichet-Bauche ne va pas tarder à arriver. Je crois qu'il sera ravi de reprendre ses entretiens avec vous…

– Pourquoi lui parlez-vous ainsi ? demanda Cédric sans savoir dans quelle direction adresser sa question. Quand nous sommes arrivés, Vaugoubert était déjà mort !

– Ça, voyez-vous, jeune homme, c'est l'enquête qui le dira. Pour le moment, considérez-vous comme complice, répondit, tranchante, la voix de la brigadière-chef Bourdette.

– Moi ? Complice ? De qui ? De mon oncle ? Mais c'est absurde ! Il ne ferait pas de mal à une mouche !

– Ce n'est pas ce que nous disent nos dossiers…

– Vos dossiers sont vides, vous le savez bien ! s'énerva Glandon.

– Ah oui ? C'est ce que nous n'allons pas tarder à vérifier…

Pendant le bref échange entre Glandon et son invisible interlocutrice, Cédric s'était discrètement rapproché de son oncle. Quand il fut assez prêt pour percevoir l'odeur de son après-shampoing, il murmura, sans presque bouger les lèvres :

– Il y a un moyen de sortir…

– Alors fais vite ! Je connais cette voix, c'est celle de l'ajointe de Fichet-Bauche. L'autre chien de garde doit être avec elle et leur maître ne va pas tarder…

– Recule doucement jusqu'aux toilettes. Tant qu'ils ne s'aperçoivent pas qu'on bouge, on agit calmement. Ensuite, tu me suis sans discuter, répondit Cédric.

Les deux hommes se déplacèrent insensiblement à reculons vers la porte des WC.

Dans la cabine de vidéo-surveillance, ce fut le brigadier Vautrin qui réalisa le premier qu'il se passait quelque chose d'anormal.

– Je les vois de plus en plus petits, chef. Comme s'ils rapetissaient au fur et à mesure qu'ils se rapprochent de la porte du fond…

– Bougre d'abruti, c'est un effet de l'objectif grand-angle qui équipe les caméras ! Tu as l'impression qu'ils sont plus petits alors qu'ils ont toujours la même taille. Pareil si tu te tires le portrait avec un grand-angle, t'as l'air d'avoir un gros nez…

– D'accord, mais là, je ne les vois plus du tout, chef. C'est encore un coup de l'objectif, ça ?

Cédric et Glandon avaient rejoint sans encombre les toilettes mixtes du musée.

– Là ! dit le jeune homme en indiquant une porte

sur laquelle était inscrit en rouge « Réservé au service ».

Il l'ouvrit et ils pénétrèrent tous les deux dans un minuscule local qui servait de placard à balais, de stock de fournitures hygiéniques et de débarras. La porte se referma automatiquement derrière eux et l'obscurité se fit. Glandon sentait Cédric bouger tout près de lui. De temps en temps, leurs deux corps se frôlaient. À d'autres instants, son haleine fraîche de jeune homme plein de vie lui parvenait en bouffées tièdes mêlée à la douce odeur d'amande amère de sa limpide sueur juvénile. Glandon pouvait imaginer les fines gouttelettes de transpiration consteller de perles brillantes le corps lisse et parfait de son neveu.

Cédric s'agitait, le frôlant, le pressant contre la porte du cagibi. Glandon l'entendait pousser puis tirer sur quelque chose au fond de leur cachette. Cette situation était si inattendue et si excitante qu'il prit son courage à deux mains, se racla la gorge et prit la parole.

– Tu sais, Cédric, j'ai bien réfléchi : comme tu es le fils de la femme de ma demi-sœur, nous ne sommes pas vraiment neveu et oncle, toi et moi. Nous n'avons même strictement aucun lien de parenté. Tu y avais déjà pensé à ça ?

– Bien sûr ! Mais ça ne fait rien, pour moi tu as toujours été et tu seras toujours mon tonton chéri. Presque un père, tu comprends, tonton ?

Glandon eut soudain très chaud dans cet espace confiné qui empestait la serpillière mal rincée.

– Heu… merci de ta confiance, mon enfant. J'essaierai de m'en montrer digne à l'avenir… Tu penses que tu en as pour longtemps ?

– J'espère que non. Mais je ne comprends pas pourquoi cette fichue porte refuse de s'ouvrir. Tu as une allumette ?

Une petite flamme jaune monta en tremblant au bout des doigts de Glandon et les deux reclus découvrirent que la serrure du fond du placard à balais avait été munie d'un cadenas à code.

– Je m'en souviens, maintenant ! s'exclama Cédric. Gédéon de Vaugoubert m'a expliqué un jour que les femmes de ménage utilisaient la sortie secrète pour écouler des produits d'entretien. C'est lui qui a fait poser ce cadenas. Mais quel peut bien être le code ?

Glandon se sentait de plus en plus las. Comment expliquer brièvement, car le temps pressait, mais toutefois sans bâcler le sujet, qu'il suffit de cinq chiffres pour générer cent mille combinaisons et qu'à raison d'une combinaison par seconde, il leur faudrait plus de vingt-sept heures pour toutes les tester et que, d'ici là, le commissaire Fichet-Bauche serait arrivé et les aurait trouvés, lui et son neveu par transition ?

– Recule un peu, tonton ! lui dit Cédric en prenant son élan.

Un coup de pied vigoureux désolidarisa la serrure de la porte. Celle-ci s'ouvrit en claquant tandis que le cadenas et la poignée pendaient encore au chambranle. Ils s'engouffrèrent aussitôt dans le couloir obscur qui s'ouvrait devant eux.

– Où va-t-on ? demanda Glandon à voix basse, en essayant de suivre Cédric qui dévalait un escalier métallique.

– On passe sous les réserves du musée, on débouche dans le local poubelles et on prend un taxi.

– Et ensuite ?

– Ensuite, je t'emmène dans un endroit où personne

n'aura l'idée de venir te chercher ! Suis-moi et fais-moi confiance…

Au même instant, le Maître se servait un deuxième verre d'Aberlour hors d'âge.

Peu importe l'ivresse du corps, si c'est l'esprit qui conduit, pensa-t-il. *Il faudra que je dise cette maxime à Guazzinella à l'occasion.* Deux glaçons tintaient en cadence dans le verre en cristal art nouveau qu'il avait chiné à l'Isle-sur-la-Sorgue l'été précédent. L'été dernier… Tout cela était si loin. *Neuf mois exactement, soit environ 270 jours ou encore 6 480 heures,* calcula-t-il mentalement pour s'occuper un peu l'esprit. *Dans un quart d'heure au maximum, soit 900 secondes ou 0,0104 jour, Guazzy va m'appeler pour m'annoncer qu'elle a mis la main sur le Grand Piquet.*

Le Maître savait qu'il jouait gros, très gros même, cette nuit-là. Pourtant, il se sentait extraordinairement calme. *Mon nouveau traitement a l'air de marcher. Le Terabrax 200 me donnait des nausées et des gaz.* Avec les responsabilités qu'il avait et le rôle qu'il jouait dans l'Organisation, le Maître savait qu'il ne pouvait pas se permettre d'avoir les mains qui tremblent, des sueurs froides, des attaques de panique, ni même une boule d'angoisse en permanence dans la gorge. Il était content d'avoir enfin trouvé le bon médicament. Il songeait parfois à toutes ces années perdues avec des escrocs qui avaient voulu l'hypnotiser, lui faire faire du yoga, l'analyser… Un de ces charlatans lui avait même recommandé de faire de la cuisine « résiliente » pour guérir de ses traumas d'enfance. Il avala une gorgée de whisky et regarda sa montre. Oui, il se sentait calme et presque reposé malgré l'heure tardive. *Si*

Guazzy a trouvé le Piquet, ma première mesure, dès demain matin, sera d'appeler Benoît XVI pour lui dire que…

Le téléphone du Maître se mit à vibrer dans la poche de son peignoir de satin.

Chapitre 10

Guazzinella examinait la reproduction du David sous toutes les coutures, se retournant de temps en temps pour vérifier qu'on ne l'avait pas suivie jusque dans ce coin retiré du hammam. Nimbée d'une vapeur propice, elle se répétait encore une fois les dernières paroles prononcées par le conservateur avant d'expirer. *Le gnognon ou le gognon, ou plutôt le gnongnon... bref, le truc enfoncé dans le sol montre la direction du Grand Piquet.* Et le vieil homme avait ajouté : « *Chaud, que c'est chaud* ». Ces dernières paroles avaient semblé étrangement familières à Guazzinella mais elle était incapable de dire d'où, comment et pourquoi elle les connaissait. Elle se dit qu'elle aurait le temps d'y réfléchir plus tard, quand sa mission serait accomplie. L'important, pour le moment, c'était que tout coïncidait parfaitement avec les derniers mots du conservateur : le « HQ », le hammam (« chaud, que c'est chaud »), le grognon, enfin, le machin incrusté dans le sol et la statue achetée à la boutique du MATH...

Après avoir fait plusieurs fois le tour de la reproduction, elle se résigna à la manipuler à la recherche d'un éventuel dispositif secret d'ouverture. Elle essaya d'abord de faire pivoter le David sur lui-même. Elle tenta ensuite de l'incliner vers l'avant puis vers l'arrière. En vain. En désespoir de cause, elle appuya alors ses deux mains sur la tête de l'éphèbe. Les yeux de la statue lancèrent aussitôt un faisceau de lumière rouge qui perça le nuage bouillant qui l'enveloppait. *Un rayon ? Suivre le rayon... Une nouvelle direction à prendre ! Mais comment faire ?* Dès qu'elle relâchait sa pression sur le crâne de plâtre, le rai de lumière disparaissait, la replongeant immédiatement dans la soupe primordiale de la vapeur d'eau. *Quelque chose de lourd. Lui mettre quelque chose de lourd sur la tête...*

Elle avisa un *barefooter* qui passait, telle une âme en peine, à quelques mètres de là.

– Eh ! Toi, là-bas... Viens par ici, j'ai un plan *hard* pour toi, appela-t-elle.

La silhouette se mit en marche dans sa direction et un géant à moustache finit par émerger, tel un gorille, de la brume.

– Qu'est-ce que t'as à proposer ? demanda en grimaçant la montagne de muscles. J'espère que c'est pas un trip uro, mammectomie ou *fist**, parce que j'ai déjà donné pour aujourd'hui.

– T'inquiète, c'est un nouveau truc qui vient juste d'arriver des States.

– C'est quand même pas le *chalk grinding*[1] ? s'inquiéta l'homme en sueur en se tenant la mâchoire.

– Mais non ! Je t'explique les règles : tu appuies sur la tête de cette statue, ce qui produit une lumière. Les autres joueurs doivent s'approcher de toi sans couper le faisceau.

– Heu, mais... c'est complètement con comme trip !...

1. Grinçage de craie.

– Peut-être mais c'est la dernière folie dans le Castro*. Vas-y, commence à appuyer. Je vais chercher les copains et on arrive !

Guazzinella se précipita dans la direction qu'indiquait le rayon rouge et parfaitement rectiligne. Après une dizaine de mètres de traversée du brouillard brûlant, le faisceau rencontrait une paroi du hammam.

À l'endroit précis où la lumière touchait le mur, Guazzy passa sa main sur les carreaux de mosaïque dégoulinants de condensation. Elle sentit d'abord sous sa main des aspérités inattendues puis, approchant son visage, elle remarqua qu'une inscription était gravée dans les céramiques bleues. Malgré la buée et l'obscurité, elle parvint à déchiffrer : My 1-02 (21-24).

D'un doigt, elle frappa le mur, espérant entendre un son creux, mais rien ne semblait indiquer l'existence d'une cavité secrète derrière la mystérieuse inscription.

My 1-02 (21-24).

Qu'est-ce que tout cela voulait dire ? Il fallait qu'elle parle au Maître.

Vite !

Chapitre 11

Le commissaire Fichet-Bauche marchait tranquillement en direction du MATH. Silencieusement, il se répétait la déclaration qu'il ferait à la presse sitôt l'arrestation de cette épluchure de Glandon rendue publique. *L'heure de la vengeance a enfin sonné !* jubilait-il, et il accéléra insensiblement le pas, impatient d'en finir avec celui qui l'avait publiquement humilié quelques années plus tôt.

À cette époque, Fichet-Bauche venait à peine d'être nommé au commissariat du 1er arrondissement, l'arrondissement du Louvre, celui où tant de superproductions américaines étaient tournées. Le plus prestigieux de tous. L'assassinat mystérieux du conservateur du musée des Arts décoratifs[1] était son premier gros dossier dans sa nouvelle affectation. En moins de trois jours, Fichet-Bauche avait résolu l'affaire en découvrant l'arme du crime (une embrase torsadée, utilisée pour étrangler la victime) et le coupable idéal (cette morvure de Glandon).

D'ailleurs, tout concordait puisque cette pourriture de Glandon était justement en France le soir même du

1. Voir note p. 61.

meurtre et que son nom avait été laissé par la victime sur un message posthume : « *Voyez avec Glandon* ». Seule zone d'ombre dans ce scénario parfait : on avait retrouvé les doubles rideaux du conservateur, homme d'intérieur raffiné, sauvagement décousus au niveau de l'ourlet. L'enquête n'avait pas permis d'expliquer pourquoi cette torchure de Glandon s'était livré à cet acte inutile et barbare au domicile de son vieil ami.

Malgré ce point obscur encore à éclaircir, Fichet-Bauche avait aussitôt convoqué les médias et annoncé qu'il tenait le coupable.

Hélas, usant de son charisme d'enseignant grisonnant, cette vergeture de Glandon avait réussi à faire témoigner une centaine d'étudiants lyonnais en sa faveur. Tous avaient certifié en chœur qu'il leur avait donné en personne une conférence le soir même du meurtre. À la demande de sa hiérarchie, Fichet-Bauche avait dû présenter d'humiliantes excuses publiques et s'était aussitôt fait muter dans le 3e. Depuis cette affaire, il s'était promis de coincer cette ordure de Glandon tôt ou tard.

Et ce jour tant attendu était enfin arrivé ! Il en frémit d'excitation. *Doucement, mon vieux Fichet,* se dit-il à voix basse. Ne pas se presser, cette fois. Arriver calmement au MATH. Penser à féliciter la brigadière-chef Bourdette et le brigadier Vautrin pour leur excellent travail.

Peaufiner le communiqué de presse.

Et puis, enfin, retrouver cette bonne vieille moisissure de Glandon…

Chapitre 12

– Allô ? dit le Maître en prenant la communication sur son portable.

– Maître ? C'est moi, Guazzinella. Est-ce que je peux vous parler en langage décodé ?

– Ça dépend de ce que tu as à me dire.

– Comment puis-je savoir ?

– *Ce qui est secret doit le rester sauf si c'est de notoriété publique,* je t'ai déjà expliqué, non ?

– Mais là, ce que j'ai à vous dire, ça ne regarde que vous et moi.

– Alors essaie de me le dire de façon que moi seul comprenne.

– Avil n'avy yavavavait pavas dave Gravand Paviquavet…

– Quoi ? !

– Cavomavent : quavoi ?

– Qu'est-ce que c'est que ce charabia ?

– Çav'est n'avest pavas davu chavaravabiava, çav'est davu javavavanavais. Vavous nave pavarlavez pavas javavavanavais ?

Le Maître claqua la langue une dizaine de fois de suite en gargouillant, signe qu'il avait énormément de mal à retrouver son souffle. Quand il fut de nouveau en état de parler, il hurla dans le téléphone :

– Espèce de demeurée ! Je ne comprends pas un mot à ce que tu me racontes. Vas-tu, oui ou non, me dire si tu as trouvé le Grand Piquet ?

– Vous… vous ne parlez pas le javanais, Maître ? C'est très simple, il suffit d'ajouter « av » après chaque consonne. Par exemple, « Maître », ça se dit « Mavaîtrave ». Quelqu'un qui ne connaît pas le secret est incapable de comprendre ce que vous dites et…

À l'autre bout du fil, les bruits de langue et les gargouillis s'étaient emballés et Guazzinella craignit un instant que le Maître ne se soit étouffé.

– Maître ? Vous êtes toujours là ? Écoutez, je vais faire simple : les nouvelles ne sont pas très bonnes. Je n'ai pas le… ce que vous savez. J'ai fait tout ce que Vaugoubert a indiqué et je n'ai trouvé qu'une inscription…

– Une inscription ? Et que dit-elle, cette inscription ? !

– Ce sont des chiffres et des lettres.

– Vas-tu me dire tout de suite lesquels ou préfères-tu me les donner en javanais ?

– Sérieux ? Vous les voulez en javanais ?

– L'inscription, espèce d'abrutie ! Qu'y a-t-il sur l'inscription ?

– My 1-02 (21-24).

– Des versets de la bible ? !

– Vous croyez, Maître ?

– J'en suis certain ! Quelle simplicité démoniaque : l'emplacement du Grand Piquet indiqué par un extrait de la bible !

– Il y a donc quelque chose de religieux dans tout ça, Maître ? C'est encore un coup du Vatican, n'est-ce pas ?

– Tais-toi ! Tu lis trop d'âneries américaines. Il n'est pas question de la « Bible » avec une majuscule, mais de la bible. C'est comme ça que tous les exégètes de Mylène Farmer appellent le recueil de ses chansons. My 1-02 (21-24), ça signifie : 1er album, 2e chanson (versets 21 à 24).

Une fois encore, Guazzinella resta interdite devant la puissance intellectuelle du Maître qui, sans efforts apparents de volonté, résolvait les énigmes les plus hermétiques. Quand elle fut remise de sa surprise, elle s'aperçut que les mots mystérieux du conservateur flottaient toujours dans sa mémoire : « *Chaud, que c'est chaud* ». Du Mylène aussi, évidemment !

Dans son repaire, le Maître tournait en rond autour d'une liseuse Art déco en cuir repoussé. Le cœur battant, il parcourait frénétiquement les pages de sa vieille bible. Sans se souvenir de la citation exacte, le Maître savait déjà que le premier album de Mylène Farmer[1] s'intitulait *Cendres de lune* et que la deuxième chanson était titrée *Au bout de la nuit*. Il trouva enfin les versets indiqués par l'inscription. Il les lut plusieurs fois. D'abord, sans en pénétrer le sens. Puis, au fur et à mesure que la lumière se faisait dans son esprit, il comprit.

Les quatre alinéas disaient :

CHUT !
TOUT EST VIDE
TOUT EST RIDE
SUICIDE.

1. Née Gautier à Pierrefonds.

CHAPITRE 13

À la sortie du MATH, Glandon et Cédric eurent beaucoup de difficultés à trouver un chauffeur de taxi qui accepte de les laisser monter dans son véhicule. La distance à parcourir était minime et, en conséquence, la course trop peu rémunératrice. Découragés par trois refus successifs, les deux fugitifs s'étaient résolus à prendre le risque de se déplacer à pied, au risque de croiser une patrouille de police, lorsqu'un taxi freina brusquement à leur niveau. Cédric s'approcha de la portière avant droite et, dans la pâle lumière baignant l'habitacle, distingua une jeune femme souriante.

Les contours exacts de sa silhouette étaient estompés, *sfumati* plus exactement, hésitants entre le clair et l'obscur, comme dans un tableau vitrifié par une succession de glacis colorés. Son buste, plutôt généreux, était tourné vers lui. Elle était assise de trois quarts dans sa direction, le visage presque de face et les yeux perpendiculaires au plan de l'image.

Tout en donnant l'impression de regarder Cédric droit dans les yeux, son regard fixait un point situé au-delà de lui, légèrement à sa droite. Un critique d'art aurait pu dire qu'elle regardait *« quelque chose en vous, mais qui est derrière vous, dans votre passé »*.

Sereine, elle croisait les mains, la droite reposant sur

son poignet gauche. Elle était vêtue d'une robe sombre, plissée sur le devant et dont les fils d'or brodés formaient de savants entrelacs. Son décolleté laissait voir un cou laiteux et dévoilait sa poitrine blanche jusqu'à la naissance des seins. Elle n'arborait aucun bijou, mais une écharpe descendait de son épaule gauche et les manches de son vêtement formaient de nombreux plis sur ses avant-bras. Sur ses cheveux châtains défaits, elle portait un voile presque transparent.

Pourtant, ce qui frappa le plus Cédric, c'était son énigmatique sourire qui semblait comme suspendu, prêt à s'effacer, mais dont on découvrait vite qu'il persistait au-delà de toute espérance, comme un trait d'union éphémère entre le chaos immémorial et la grâce fugitive. En état de sidération amoureuse, incapable de prononcer une parole, Cédric dévorait du regard cette apparition surgie de nulle part et qui continuait de sourire mystérieusement. Devant l'inexplicable silence de son neveu, Glandon, le bousculant un peu, finit par se pencher vers la conductrice.

– Bonsoir, mademoiselle, nous allons… Mais, je vous connais, n'est-ce pas ?

– Bien sûr, professeur Glandon ! Pourquoi croyez-vous que je me suis arrêtée alors que j'ai fini mon service ? Je vous ai reconnu de loin. Votre démarche, vos cheveux, votre port de tête…

Glandon rentra instinctivement son ventre. C'était là un de ses petits points faibles : il aimait plaire aux gens, quel que soit leur âge ou leur sexe.

– Mais moi aussi, Mona, comme vous l'avez vu, je vous ai reconnue tout de suite. Il est d'ailleurs étonnant de voir à quel point vous ne changez pas. Mais comment se fait-il que vous conduisiez un taxi ?

– Après la fac d'iconologie, j'ai voulu faire du cinéma mais ça n'a jamais marché. Je suis trop typée

« renaissance italienne », à ce qu'il paraît... Mais vous, Professeur, que faites-vous ici, à une heure pareille ?

– Eh bien, euh... Mon neveu Cédric et moi, nous nous rendons à une soirée, tout près d'ici. Malheureusement, je ne peux pas marcher très longtemps. Mon genou...

– Montez, je vous emmène ! Où allez-vous exactement ?

– Mon neveu Cédric va vous le dire... N'est-ce pas, Cédric ? Cédric !

Quand Cédric revint à lui, il retrouva en chair et en os la souriante vision qui l'avait ravi à lui-même quelques secondes auparavant.

– Cédric, dis à mademoiselle où nous allons.

– Au KFC[1], la troisième à gauche, s'il vous plaît.

– Ne vous inquiétez pas, Professeur. Je connais bien la route. J'y ramasse souvent des petits minets un peu ivres qu'il faut ramener chez leur maman.

Cédric se sentit rougir jusqu'aux oreilles. Il constata avec soulagement que la conductrice ne pouvait pas le voir dans son rétroviseur.

– Nous n'allons pas au KFC pour ce que vous croyez, éprouva-t-il le besoin de préciser, sur le ton de quelqu'un qui essaie désespérément de se justifier.

– Ça, c'est vos oignons, pas les miens..., répondit-elle avec une quasi imperceptible pointe d'ironie.

Cédric aurait voulu que le trajet entre le MATH et le KFC dure des siècles, comme quand le président chinois était en visite officielle à Paris et que toute la ville n'était plus qu'un immense Pékin paralysé et enfumé. Hélas, ce soir-là, la circulation était fluidis-

1. Kingdom of Fresh Chickens.

sime et les paroles fatidiques se firent très vite entendre :

– Voilà, vous y êtes, messieurs.

– Parfait ! Merci, Mona. Combien vous doit-on ?

– Voyons, Professeur, vous plaisantez, j'espère ! En revanche, vous savez ce qui me ferait hypra plaisir ?

– Tout ce que vous voudrez, mon enfant.

– J'ai ici votre dernier ouvrage[1], ce serait trop bien si vous pouviez me le dédicacer.

Glandon s'exécuta volontiers, ce qui, durant quelques précieux instants supplémentaires, permit à Cédric de respirer le même air que la beauté divine qui les avait conduits jusque-là dans sa Xantia break.

Mais il réalisa soudain que si rien ne se passait dans les dix prochaines secondes, il ne reverrait peut-être plus jamais Mona. Pouvait-il la laisser s'en aller ainsi sans réagir ?

Sur le trottoir, Glandon s'impatientait.

– Qu'est-ce que tu fiches encore, Cédric ? Tu m'as fait traverser le musée à un train d'enfer et depuis que nous en sommes sortis, tu traînailles sans aucune raison…

À l'intérieur du taxi, Cédric ferma les yeux un court instant et avala sa salive. Glandon avait raison, ce n'était plus le moment de tergiverser, il fallait agir, maintenant. Vite !

– Mademoiselle ?

– Oui ? répondit-elle en se retournant vers lui en un mouvement gracieux.

Il la but du regard avec des yeux à faire pâlir tous les marquis de Sade et elle le dévisagea à faire rougir les putains de la rade.

1. *L'Influence de Proust dans l'œuvre de Dave*, PUF, 1982.

– Vous… vous avez une carte de visite ? Parce que je prends souvent le taxi, alors, on ne sait jamais, ça peut toujours dépanner… Surtout quand il pleut, c'est souvent impossible d'en trouver un.

D'un geste quasi magique, elle fit surgir un petit rectangle de carton de son corsage.

– Tenez !

– Merci… À bientôt alors ?

– À bientôt… Ou adieu… Comme dans « Adieu, Monsieur, tout est fini… ».

Cédric fut traversé des pieds à la tête par un éclair gelé. Il venait de reconnaître le premier vers de *Darla Dirladada* que Gédéon de Vaugoubert avait recopié avant de mourir. Il la regarda comme si elle avait été la Joconde en personne.

– Comment !? Qu'avez-vous dit ?… Comment connaissez-vous ce texte ?

– Ne me regardez pas comme ça ! C'est le début de *Darla Dirladada.* Mes deux papas sont fans de Dalida. Ses chansons ont bercé toute mon enfance. Et vous, vous aimez ?

– Vous avez deux pères ? !

– Oui. Hélas, je n'ai jamais connu ma mère porteuse. Pour mon complexe d'Œdipe, j'ai dû tirer l'un de mes deux papas au sort. C'est dégeu et injuste, mais c'est comme ça…

– C'est inouï parce que, moi, j'ai eu deux mères ! Et je ne connais pas mon père donneur ! Et pour mon Œdipe, je ne savais pas non plus laquelle de mes deux mères j'avais envie d'épouser ! N'est-ce pas extraordinaire ?

– Quelle coïncidence ! Mais vous ne m'avez pas répondu : vous aimez Dalida ? Votre oncle dit que c'est une personne immensément importante…

– Heu… oui. Je suppose qu'il doit avoir raison… Si vous l'aimez, elle doit forcément être immense…

– Cédric ! Mais qu'est-ce que tu fabriques là-dedans ? cria Glandon.

– Mon oncle m'appelle… Il faut que j'y aille.

Elle lui sourit de nouveau à faire crier grâce à tous les échos tandis qu'il la regardait à faire trembler les murs de Jéricho.

Quand Cédric émergea enfin de l'arrière du taxi, son oncle l'interrogea :

– Que faisais-tu avec cette étudiante ?

Cédric baissa les yeux.

– Ne me dis pas que tu essayais de la séduire alors que nous avons le commissaire le plus borné de France aux trousses !

– Je lui ai demandé sa carte, c'est tout…

– C'est tout ? Parce que, évidemment, tu comptes la revoir ? Alors tu n'as pas changé, tu es toujours… enfin, tu sais… ce que tu as annoncé que tu étais pour tes 18 ans ?

– Plus que jamais, tonton.

– Oh, et puis cesse de m'appeler « tonton ». Tu n'es plus un gamin maintenant !

– Alors, si je ne suis plus un gamin, comme tu dis, pourquoi ne pas m'avoir dit que le *Darla Dirladada* que nous a laissé Gédéon de Vaugoubert est le texte d'une chanson de Dalida ?

Glandon se pencha légèrement vers l'avant, comme s'il venait de recevoir, par surprise, un direct au foie. Il blêmit et ferma les yeux. Sans regarder Cédric, il murmura d'une voix éteinte.

– Qui… qui t'en a parlé ?

– Mona, à l'instant, dans le taxi. Elle connaît tout Dalida.

Glandon fixa intensément son neveu. Les rides de son front se creusèrent un peu plus, son regard se solidifia, comme s'il regardait Cédric du fond d'un vortex spatio-temporel incomplètement décrit par les lois de la relativité généralisée. Il lui sembla soudain que des millions d'années de décalage horaire pesaient sur ses épaules déjà pliées. Il se sentit encore plus vieux et plus fatigué qu'au dernier paragraphe du chapitre 5. *Ça aussi, il fallait que ça arrive un jour…*

Chapitre 14

Le KFC est connu à Paris pour être le royaume des 18-25 ans imberbes, de la *cheesy pop** et de la *camp attitude**. Autrefois bar à minets, le « K », comme le surnomment les habitués, a su rebondir dans les années 2000 en appliquant un casting strict à sa clientèle. Désormais, faute de sortir d'une émission de téléréalité, d'être doté d'un physique de *boys band* ou d'accompagner un « vieil ami » riche et célèbre, il est quasiment impossible de pénétrer dans ce saint des saints de la branchitude gay où les filles sont tolérées à condition d'être plus *fem's** que *butch**. En conséquence de quoi, le client type du KFC est un jeune urbain, *fashion victim* de type européen, coiffé *wet look,* discrètement hâlé et vaguement étudiant. Si, à l'heure des *before* et de l'*happy hour,* le KFC propose une ambiance très lounge, dès minuit, les tables basses et les canapés profonds disparaissent pour laisser place à un *dance floor* géant aux éclairages acidulés fortement inspirés du plateau de *La Chance aux chansons.*

Toujours sous l'effet de sa troublante rencontre avec Mona, Cédric suivit Glandon jusqu'à l'entrée de la boîte. Là, un imposant noir veillait à la stricte observance des critères d'admission. Dès qu'il l'eut reconnu, le physionomiste gratifia Cédric d'un large sourire.

– Comment vas-tu, petit frère, et où étais-tu passé ?

– En reportage…

– En reportage ? demanda Glandon en réalisant qu'il ne savait rien de la vie de son neveu depuis que celui-ci avait quitté le domicile familial.

– Mais oui, voyons, tu sais bien, mon chéri… lui répondit Cédric en administrant à son oncle un coup de coude qui le fit tousser de surprise.

Dès qu'ils eurent pénétré dans le club, Glandon saisit le bras de son neveu et le força à s'arrêter.

– Écoute, Cédric, cette fois, tu me dois une explication, je crois !

– Très bien, je vais tout te dire. Mais à une condition, oncle Glandon : tu dois toi aussi m'apprendre tout ce que tu sais.

– Entendu, mais je préfère te prévenir tout de suite qu'à ce stade de l'enquête, j'ai encore du mal à relier l'assassinat de Gédéon de Vaugoubert avec les Templiers.

– Viens par là, commanda Cédric en prenant Glandon par la main. Je pense qu'ici, nous serons relativement tranquilles pour parler. Comme tu as pu le constater, personne ne peut entrer sans être jeune et beau ou vieux et célèbre. Ça limite d'autant les risques d'être dérangés. Qu'est-ce que tu bois ?

– Un double armagnac, s'il te plaît.

– Heu… tu sais, je crois qu'ils n'ont pas ça ici. Ils font plutôt dans le pré-mix. Un « Freddy Mercury », ça te va ?

– Faut voir. De quoi s'agit-il ?

– C'est à base de Malibu, de grenadine et de bière.

Glandon regarda Cédric et celui-ci vit un éclair de fureur ranimer les yeux las de son oncle.

– Écoute, mon enfant. Tu ne peux pas, à la fois, me demander de rester concentré sur notre affaire et me faire boire des mélanges dont même un supporter de la NBA ne voudrait pas. Je te rappelle que je suis en décalage horaire et que…

– Bon, ça va. J'ai compris, je vais essayer de te trouver quelque chose…

Cédric revint peu de temps après avec un cocktail à dominante verte et une bouteille de Suze qu'il montra à Glandon.

– Tiens, c'est ce qu'ils ont de plus démodé. J'espère que ça t'ira.

– J'aurais préféré un Campari Soda avec rondelle et olive, c'est bien plus indiqué en cas de décalage horaire. Mais ai-je vraiment le choix ? sembla se résigner Charlus en se servant un large verre du liquide doré. Nous avons un cadavre sur le dos et la police à nos trousses, alors…

– Au fait, ce soir, c'est une soirée *love message. Si* nous voulons passer inaperçus, il nous faut jouer le jeu et enfiler ça.

Cédric tendit à son oncle un dossard bleu sur lequel figurait un « 17 » rose, et lui-même se glissa dans un « 29 » argenté.

– Que suis-je censé en faire ? demanda Glandon.

– Mets-le. Si tu intéresses quelqu'un, il te fera parvenir un message avec son numéro et tu pourras lui répondre à ton tour. Si nous sommes les deux seuls clients à ne pas avoir de numéros, on nous repérera tout de suite.

Glandon se résigna à suivre les conseils de Cédric.

– Bien, maintenant, tonton, il faut que nous parlions tous les deux.

– J'allais te le demander. Mais avant que tu m'interroges plus avant, je crois qu'il n'est pas inutile de faire un résumé de ce que nous savons à l'intention des journalistes qui n'ont pas le temps de tout lire et qui nous rejoignent à ce stade de l'histoire : Gédéon de Vaugoubert, conservateur du MATH, a été retrouvé assassiné dans son musée. La police, qui nous a surpris devant le cadavre, nous croit coupables et nous recherche probablement en ce moment même à travers tout Paris. Heureusement, comme pour nous guider dans notre enquête, la victime a eu le temps avant de mourir de se déguiser et de recopier sur une feuille volante les paroles de *Darla Dirladada,* une chanson de Dalila.

– Tu oublies de dire que cette chanson a visiblement le pouvoir de te troubler au-delà de toute mesure…

– Très bien, je vois que tu t'obstines à vouloir aller au fond des choses. C'est peut-être le moment, après tout…

– Évidemment que c'est le moment, tonton. Je dois tout savoir si tu veux que je nous aide à sortir de ce piège policier kafkaïen

– Alors, je vais te dire tout ce que je sais, sans omettre un seul détail, mais…

– Mais… ?

– Mais d'abord, explique-moi comment se fait-il que tu sois reçu à bras ouverts dans un établissement tel que celui-ci alors que tes « préférences » devraient te porter à fréquenter des endroits plutôt spécialisés dans les rencontres altérophiles[1].

– Très bien, je vois que tu t'obstines à vouloir aller au fond des choses. C'est peut-être le moment, après tout…

– Évidemment que c'est le moment, Cédric. Je dois

1. Par opposition à l'homophilie, l'altérophilie est la tendance à éprouver des pulsions amoureuses pour un sexe opposé au sien.

tout savoir si tu veux que je nous aide à sortir de ce kafkaïen piège policier.

– Alors, je vais tout te raconter, sans omettre un seul détail, mais…

– Mais… ?

– Mais je crois que tu as reçu un message.

Glandon leva les yeux et découvrit devant lui un jeune homme qui lui tendait une enveloppe. Sans même prendre le temps de détailler le physique irréprochable du garçon, Glandon lui prit le message des mains, déchira fébrilement l'enveloppe et lut avec effarement :

Je m'appelle Quentin, j'ai 21 ans, 1,75 m, des yeux verts et des cheveux châtains. J'aime le ciné, Amélie Nothomb et la PlayStation. Je kiffe votre look destroy de cabossé de la vie et votre air riche et profond. M'offririez-vous un verre au bar ?

Quentin (dossard n° 54)

– Déjà un *love message* ? Eh bien, tonton, on peut dire que tu ne perds pas de temps ! plaisanta Cédric.

Charlus lui tendit le papier. Cédric le lut à son tour et embrassa la salle d'un regard circulaire. Une silhouette assise au bar regardait dans leur direction. Glandon leva les yeux et la forme esquissa un petit signe de la main.

– Cabossé de la vie ! Je voudrais l'y voir, lui. J'ai traversé l'Atlantique des centaines de fois en classe éco et j'ai résolu les plus grands mystères de notre temps, maugréait Glandon.

– Souhaitez-vous répondre, monsieur ? demanda le serveur qui n'avait pas quitté les lieux.

Charlus hésita quelques secondes, sortit de sa poche un stylo plume, et rédigea un billet laconique :

Actuellement en fuite, je ne puis, hélas, donner suite à votre aimable invitation. Comme l'a dit avant moi le philosophe Jean-Baptiste Botul : « Ce n'est ni le jour ni l'heure ».*

J-C. G (dossard n° 17)

– Et maintenant, je t'écoute, Cédric !

Chapitre 15

Lentement mais sûrement, le commissaire Fichet-Bauche se rapprochait du MATH. Avant de sortir, il avait pris la précaution de consulter son itinéraire sur mappy.com et de l'imprimer.

Bien que frôlant la cinquantaine, le policier faisait confiance aux nouvelles technologies et aux méthodes révolutionnaires de la police scientifique. Conformément au plan, il venait de traverser le boulevard Sébastopol pour déboucher dans la rue Saint-Denis.

Insensible aux enseignes de néon des boutiques de sexe, Fichet-Bauche était abîmé dans ses réflexions. Il ne voulait pas commettre les mêmes erreurs que lors de la précédente arrestation de Glandon. D'autant que, plus il y pensait, plus il trouvait trop facile cette interpellation du coupable sur les lieux mêmes de son crime et sous le regard des caméras de surveillance du musée.

S'agissait-il d'une nouvelle ruse de cette rature de Glandon pour le ridiculiser, comme lors de la douloureuse affaire du musée des Arts décoratifs[1] ? Mais pourquoi cette gerçure de Glandon lui en voudrait-elle

1. Voir notes p. 61 et 81.

à ce point ? Fallait-il annuler la conférence de presse prévue sur les marches du MATH tant que le coupable n'aurait pas avoué ? Les questions tournaient si vertigineusement dans le cerveau de Fichet-Bauche qu'il faillit rater la rue Courtalon indiquée par son plan.

Après une cinquantaine de mètres, il déboucha sur la petite place Sainte-Opportune.

Le tissu urbain, si dense jusqu'alors, desserrait un peu ses mailles et laissait voir un carré parfait du sublime ciel parisien.

Le commissaire eut une inspiration soudaine : les meurtres des deux conservateurs des deux musées étaient sans doute liés ! Dans les deux cas, les personnalités assassinées avaient été tuées sans qu'apparemment rien n'ait été dérobé. Dans les deux cas, les victimes avaient laissé un message demandant de s'adresser à cette rainure de Glandon ! Sur le seuil de la rue des Lavandières-Sainte-Opportune, au niveau du restaurant-cave La Robe et le Palais, Fichet-Bauche s'immobilisa et composa frénétiquement sur son portable le numéro du commissariat.

– Martine ? C'est moi. Passez-moi le Service Central des Recherches sur Ordinateur.

Devant le ton ferme et pressé du commissaire, la standardiste du commissariat s'exécuta sans délai et, après quelques bruits de connexions électroniques, une voix mal réveillée se fit entendre.

– Service Central des Recherches sur Ordinateur…

– Commissaire Fichet-Bauche à l'appareil. J'ai besoin immédiatement de la liste de tous les conservateurs de musée morts mystérieusement.

– France ou Europe ?

– Monde entier !

– Avec ou sans implication probable d'Al-Qaida, de la CIA et du Vatican ?

– Avec et sans ! Je les veux tous !

– Mais c'est énorme comme rechcrche ! Tous les ordinateurs sont éteints à cette heure…

– Je ne veux pas le savoir, rallumez-les ! Débrouillez-vous ! Et ce n'est pas tout : je veux aussi savoir précisément où se trouvait cette éclaboussure de Glandon le jour de chacun de ces meurtres.

Sans laisser le temps à son interlocuteur de protester, le commissaire raccrocha et esquissa un pas de boxe française.

Ah ! « On » lui reprochait de ne pas assez faire appel aux techniques modernes d'investigation. Eh bien, « on » ne serait pas déçu cette fois ! Sous l'effet d'une intense excitation, il franchit les soixante-dix-huit mètres indiqués par sa feuille de route et se trouva comme prévu à l'entrée de la rue des Deux-Boules, déserte et silencieuse.

Tandis qu'il approchait de l'entrée du musée, son téléphone sonna.

– Commissaire ?

Fichet-Bauche reconnut la voix de sa collaboratrice.

– Je vous écoute, brigadière-chef Bourdette ! Du nouveau ?

– Commissaire… Nous avons un problème. Un gros problème…

– Quoi encore ? Ne me dites pas que… ?

– Hélas, si, commissaire. Nous avons fait ce que vous demandiez, nous avons bouclé le musée, mais ils ont littéralement disparu sous nos yeux…

– Disparu ? Comment ça, disparu ? Continuez à fouiller partout ! J'arrive…

Fichet-Bauche raccrocha. *Les deux suspects se sont enfuis…* Il réfléchit quelques secondes puis reprit sa route en sifflotant un vieux tube de Ray Ventura : *Tout va très bien, madame la Marquise.*

Chapitre 16

– Et maintenant, je t'écoute Cédric !

Glandon, légèrement ragaillardi par sa Suze sur glace, regardait intensément son neveu, bien décidé à apprendre la vérité sur les années pendant lesquelles il l'avait perdu de vue. Cédric touilla son cocktail, en aspira une gorgée et poussa un long soupir dont on ne pouvait dire s'il était de soulagement ou d'effort.

– Tu te souviens sans doute du repas d'anniversaire de mes dix-huit ans…

– Comment l'aurais-je oublié, Cédric ? Je n'ai revu ni tes deux mamans, ni Noël Mamère, ni même toi depuis cette pénible circonstance…

– Après ton départ, je me suis enfermé dans ma chambre et j'ai réfléchi à toute vitesse. En moins d'une heure, ma décision était prise : tant qu'elles ne m'accepteraient pas tel que j'étais, je devais mettre de la distance entre elles et moi. J'ai compris que je ne correspondais pas, et que je ne correspondrais jamais, au fils idéal dont elles avaient rêvé. Alors j'ai tué ce fils idéal qui cachait si bien son jeu, et j'ai décidé de devenir moi-même.

– C'est très courageux, mon enfant. Tu aurais pu m'en parler, je ne t'aurais pas jugé…

– Merci, tonton Glandon, mais tu étais si loin de Paris, tu étais immergé dans tes recherches sur Gloria

Gaynor… Heureusement, monsieur de Vaugoubert m'a tout de suite proposé son aide. Il a mis à ma disposition une studette qu'il possédait dans le Quartier latin. Tous les mois, il m'envoyait un chèque pour mes « études », comme il disait. Quand je pense que je n'ai jamais accepté une seule de ses invitations à la Mamounia au printemps, à Paros l'été, à Palerme l'automne ou à Courchevel l'hiver…

La voix de Cédric s'étrangla et Charlus vit son neveu essuyer une larme au coin de ses beaux yeux clairs.

– On croit toujours avoir le temps, Cédric… C'est comme ça, c'est la vie. Tu ne pouvais pas savoir qu'on allait lui faire le coup du lapin… Mais dis-moi, mon enfant, tu ne t'es jamais demandé pourquoi il avait ainsi veillé sur toi pendant tant d'années ?

– Si, bien sûr, très souvent même. J'ai parfois pensé qu'il était un peu amoureux de moi. Ça n'aurait pas été la première fois. J'ai tendance à attirer les vieux lubriques…

– Quelle horreur ! s'indigna Glandon de façon aussi convaincante que possible.

– Mais en fait, ce n'était pas ça. Je crois que c'était beaucoup plus pur et beaucoup plus profond à la fois. Comme entre Guy Carlier et Marc-Olivier Fogiel…

– Comme un père aime son fils, tu veux dire ?

Cédric resta quelques secondes sans voix. Combien de fois déjà s'était-il posé ces milliers de questions à jamais sans réponse : *Qui est mon père donneur ? Est-il encore en vie ? Quel métier fait-il ? Où est-il ?* Il leva ses yeux embués de larmes vers Glandon.

– Si tu sais quelque chose, tonton, il faut me le dire, maintenant. Je suis prêt à tout entendre…

– Je vais te le dire. Mais tu as déjà deviné, n'est-ce pas ?

Cédric ne répondit pas. Il regardait fixement ses mains. Un pressentiment, présent en lui depuis toujours, venait de refaire surface dans sa conscience. Quelque chose qu'il avait probablement toujours su. Quand il trouva enfin le courage de parler, il se résolut à poser l'inévitable question.

– Gédéon de Vaugoubert… C'était mon… mon père, n'est-ce pas ?

– Ton père biologique, oui.

– Pourquoi ne me l'a-t-on jamais dit ?

– Tes mères avaient prévu de te l'annoncer le jour de tes dix-huit ans. Tu ne leur en as pas laissé le temps…

– Mais lui, pourquoi ne m'a-t-il jamais rien dit ?

– Il leur avait promis de ne pas te le dire si elles le laissaient te rencontrer de temps en temps. C'est pour cela que vous passiez chaque année les fêtes de Noël et de la Gay Pride ensemble. Ensuite, quand tu es parti, il a continué à veiller sur toi, sans vouloir peser sur tes choix. Par respect pour toi et pour ta famille…

– Ma famille ? Deux salopes, oui !

– Allons, ne sois pas trop dur avec elles. Elles croyaient bien faire en te tenant éloigné de lui. Elles ont voulu te protéger, ne pas te perturber avec ces histoires de sexualité différenciée… Quand tu as fait ton *coming out*, ton père t'a défendu en leur expliquant que tu n'avais sans doute pas d'autre choix que celui des femmes. Elles ont fini par penser que c'était sa faute si tu t'étais fait « hétéronormer », comme elles disent. Alors, elles ont rompu avec lui.

– Qu'est-ce qu'elles deviennent toutes les deux ?

– Je ne les ai pas revues, mais j'ai appris qu'elles ont été passablement secouées par ton annonce. La colère a très vite cédé la place à l'abattement et aux questions sans réponses : « Qu'est-ce qu'on a raté ? »,

« Pourquoi cela nous arrive-t-il à nous ? » Elles n'étaient pas prêtes à t'entendre. Il faut que tu comprennes d'où elles viennent : n'oublie jamais que ta mère paternelle a longtemps milité dans les ligues de vertu gays et lesbiennes. Quant à ta mère maternelle, elle se sent coupable de ne pas t'avoir assez castré et étouffé de son amour. Rien que de très classique, en somme…

Cédric avala d'un trait le fond de son gobelet et, d'un enfantin geste de la main, s'essuya la bouche, le nez et les yeux. La même nuit, il apprenait le nom et le décès de son père. Il sentit un irrépressible besoin de s'épancher sur une épaule amie.

L'image de la jeune conductrice de taxi au sourire énigmatique traversa ses pensées.

Mona… Où était-elle ? Il serra dans sa poche la carte de visite de la belle inconnue. *Et elle, sait-elle qui est sa mère porteuse ou ses pères ont-ils voulu la « protéger », elle aussi, de la vérité ?*

Le jeune serveur-messager apparut de nouveau. Cédric baissa les yeux sur son verre vide pour dissimuler ses yeux et son nez rougis par les larmes. Le garçon remit une nouvelle enveloppe à Glandon qui l'accepta avec un geste d'impatience.

Cher numéro 17,

Je me prénomme Benjamin et je suis actuellement en MBA. Dynamique et entreprenant, je cherche un stage auprès d'une personnalité de la culture ou de la télé. Je kiffe Indochine, Michel Onfray et les Nike Air.

Ben (dossard n° 12)

Sans prendre le temps de lire le curriculum joint au *love message,* Glandon griffonna quelques lignes au dos du texte.

– Tenez, c'est pour le numéro 12, dit Glandon au serveur en lui tendant le papier. Pendant que vous y êtes, vous me rapporterez de la glace, s'il vous plaît. Tu prends quelque chose, Cédric ?

– Un Botticelli, merci.

Quand le garçon eut de nouveau disparu dans la pénombre, Glandon se pencha vers son neveu.

– Avec toutes ces émotions, tu ne m'as toujours pas dit ce que tu fais dans la vie.

– Je suis journaliste, tonton.

Glandon se sentit parcouru par un frisson de stupeur et de répulsion qu'il parvint toutefois à réprimer.

– Ce n'est pas grave, Cédric. Il paraît qu'il y en a de très bien. Et… dans quel domaine travailles-tu ?

– Le *night-clubbing* gay et lesbien… C'est comme ça que j'ai su que tu étais à Paris pour donner des conférences.

– Je comprends… Mais comment se fait-il que tu ne t'occupes pas plutôt de la nuit *straight* ?

Cédric poussa un long soupir.

– J'ai essayé, tonton, crois-moi. Mais c'est un petit monde où, pour travailler, il faut connaître des gens. De par mon passé, mes origines… Les seuls qui m'ont proposé du boulot, c'est le mensuel *Tutêt.*

– Et tu leur as dit la vérité sur tes préférences sexuelles ?

– Bien sûr que non !

– Mon pauvre enfant ! Tu as passé toutes ces années à étouffer ce que te commandait ton cœur sous un masque socialement correct ?

– Avais-je vraiment le choix ? En cachette de mes collègues, j'allais dans des endroits spécialisés : chez Flunch, à des cours de yoga, des soirées diapos entre amis célibataires, dans des chorales mixtes. En rentrant chez moi, je ressentais un terrible dégoût de moi-même mais, dès le lendemain, j'avais encore plus besoin d'une femme ! J'ai aussi passé des soirées entières à draguer par Internet sur Meetic. J'ai essayé le *speed dating* dans des lounges d'hôtels Mercure peuplés d'hétéros comme moi et de femmes divorcées... Des plans glauques, comme tu vois.

– Je crois que je peux comprendre ce que tu veux dire. C'est ce que je me tue à expliquer à mes étudiants : plus qu'une orientation sexuelle à la mode, l'homosexualité est un modèle de société... Dès que tu remets ses codes en question, on te répond : « C'est comme ça », « Ça l'a toujours été », « l'hétérosexualité rabaisse l'être humain au rang d'animal reproducteur »... Combien de fois m'a-t-on reproché d'être trop tiède envers les *straights* alors qu'ils sont, selon les fondamentalistes, des animaux à l'état de nature !

– Mais au nom de quelle norme devrais-je cautionner le modèle préétabli de l'homme doux et raffiné et de la femme dominante et casse-couilles ? Pourquoi devrais-je porter des strings alors que j'ai une allergie au lycra ? Pourquoi est-il obligatoire pour un « vrai mec » d'aimer Barbara Streisand, Puccini, ou les films de Chéreau ? Ne peut-on être épanoui même si on a des bébés avec une femme ? Pourquoi, si je me promène au Luxembourg avec mes enfants en bermuda, va-t-on m'accuser d'exhiber mon hétérosexualité ? Pourquoi un hétéro ne pourrait-il pas faire un excellent antiquaire, relooker ou danseur étoile ? Et si toutes les couleurs sont dans l'arc en-ciel, pourquoi la chaîne *gay friendly* du PAF s'appelle-t-elle « Pink » et pas « Brown » ou « Blue » ?

– C'est assez juste... À propos, as-tu reçu des invitations pour la prochaine soirée de Pink TV ? Il paraît que c'est toujours très bien organisé et, d'un point de vue universitaire, ça me serait sûrement utile car...

– Compris, tonton. On ira ensemble si tu veux… Mais pour le moment, nous devons avancer dans notre enquête, non ? Et tu ne m'as toujours pas dit ce que tu penses des derniers messages de mon père…

– Je vais te le dire immédiatement. Mais voilà notre serveur qui arrive. Il lui en a fallu du temps pour démouler quelques glaçons !

Le jeune homme s'approcha, tenant d'une main son plateau et de l'autre une enveloppe.

– Tu as encore du courrier, tonton ! Ce n'est pas du succès, c'est un triomphe ! remarqua Cédric, goguenard.

– Ce message est pour le dossard 29, corrigea aussitôt le garçon en le remettant à Cédric.

– Pour moi ? Qui peut bien vouloir me draguer ? Je ne suis ni riche ni vieux ?

Il déchira fébrilement l'enveloppe et lut, sans y croire tout à fait :

Cédric. Je me suis dit que vous auriez sans doute besoin d'un taxi pour rentrer… Quand vous aurez fini de discuter, rejoignez-moi. Je suis au bar.

Mona

Chapitre 17

Mais oui, contrairement aux apparences, tout va bien. Tout va même très bien, se répétait le commissaire Fichet-Bauche. Dans ses rares instants d'intense satisfaction professionnelle, comme ceux qu'il était en train de vivre, il regrettait de ne pas fumer la pipe. Il lui semblait qu'un accessoire à la Simenon aurait encore ajouté à son plaisir et contribué à parfaire son allure sereine et « sur le coup ». La fuite de cette gribouillure de Glandon et de son complice n'était-elle pas la preuve indiscutable de leur culpabilité ? S'ils avaient eu la conscience tranquille et disposé d'un alibi solide, les deux suspects se seraient-ils soustraits aux questions de ses services ? De plus, circonstances aggravantes pour les deux assassins, leur présence devant le cadavre et leur fuite avaient été dûment enregistrées.

Cette fois, tu ne m'échapperas pas !

De leur côté, la brigadière-chef Bourdette et le brigadier Vautrin s'étaient attendus à un inoubliable savon, voire à une sanction disciplinaire pour avoir laissé Glandon s'échapper. Au lieu de cela, le commissaire faisait montre d'une quiétude que rien ne semblait pouvoir troubler.

J'attends un coup de fil important, qu'on ne me dérange sous aucun prétexte, avait-il annoncé en arrivant au musée avant de s'absorber dans la rédaction de la déclaration qu'il comptait faire à la presse. Assis au bureau du conservateur, il en était arrivé à la péroraison finale quand son téléphone se mit à sonner.

Le Service Central des Recherches sur Ordinateur ! Déjà !

– Fichet-Bauche, j'écoute !

– Commissaire, j'ai les résultats de la recherche que vous m'avez demandée.

– Parlez, c'est un ordre !

– J'ai cherché dans notre base de données tous les meurtres de conservateurs non élucidés.

– Eh bien ?

– Il y en a eu une soixantaine au cours des trente dernières années. Toutes les victimes avaient entre 60 et 70 ans, portaient des dentiers et étaient détenteurs d'une convention obsèques...

– Qu'est-ce que vous en concluez ?

– Rien de probant, si ce n'est que les conservateurs de musée sont des gens prévoyants, sujets au déchaussement des dents, et qui meurent avant d'avoir profité de leur retraite.

– Continuez !

– J'ai ensuite croisé les résultats obtenus avec la présence avérée sur le sol français de Charlus Glandon.

– Comment avez-vous fait ?

– J'ai comparé les dates des meurtres et les dates des conférences de Glandon. La plupart du temps, Glandon était à l'étranger lors des assassinats...

– L'enfoirure !

– ... sauf dans trois cas où il était en France : l'affaire des doubles rideaux du musée des Arts décoratifs[1],

1. Voir notes p. 61, 81 et 79.

l'affaire des ciseaux volés au musée de la Coiffure de Sainte-Vertu dans l'Yonne, et l'affaire de la tente du musée national d'Histoire et d'Art.

– Très bien. Je vais voir ce que je peux faire de tout ça. De votre côté, vous pouvez d'ores et déjà ajouter à vos fichiers le meurtre du conservateur du MATH. Et cette fois, en présence de cette jaspure de Glandon !

Après avoir raccroché, Fichet-Bauche convoqua une réunion de crise dans le bureau de Gédéon de Vaugoubert. Les pieds sur le bureau recouvert de cuir mauve, le commissaire semblait toujours aussi étrangement calme pour quelqu'un qui venait de rater de peu l'arrestation de deux suspects.

– Grâce à nos services informatiques, mon enquête vient de franchir une étape décisive. J'ai désormais les preuves par ordinateur que cette salissure de Glandon est un genre de *serial killer* des milieux de la culture qui prend pour victimes les conservateurs de musée. D'après nos recoupements de fichiers, il est impliqué dans au moins quatre assassinats. Loin de me contrarier, son refus de vous obéir et sa fuite de cette nuit corroborent mes hypothèses. Je ne suis d'ailleurs pas inquiet, nous le retrouverons vite : il est vieillissant, peu sportif, mondain et maniéré, il n'ira pas loin. Quant à vous, je vous donne l'occasion de racheter votre impardonnable incurie de tout à l'heure en essayant d'imaginer où il peut bien s'être réfugié.

– Co... commissaire !

– Qu'y a-t-il, brigadier Vautrin ? Pourquoi faites-vous cette tête d'ahuri ?

– Le portrait, là. Sur le bureau...

– Oui. Eh bien, dites ! Qu'est-ce qu'il a, ce portrait ?

– C'est lui ! C'est le complice de Glandon.

– Vous en êtes absolument sûr ?

– Affirmatif, commissaire. Cette épaisse chevelure bouclée, ce visage gracieux, encore un peu enfantin mais déjà si mâle. Ce corps de jeune homme plein de sève, parfaitement proportionné…

– Le brigadier a raison, commissaire, l'interrompit sèchement Bourdette. Je reconnais moi aussi cet homme.

Fichet-Bauche resta un moment pensif. *La victime connaissait donc ses deux agresseurs.* Même si cela compliquait légèrement le communiqué à la presse, l'essentiel était que Glandon restât coupable.

– Ne nous laissons pas troubler par les incroyables coïncidences. Nous devons les retrouver. J'attends vos suggestions.

– Il est probable que Glandon, qui ne vit plus à Paris, a suivi les indications du jeune homme qui l'accompagne, suggéra la brigadière-chef Bourdette.

– Pas faux, l'encouragea le commissaire. Mais pour aller où ?

– Nous avons visionné les vidéos de surveillance qui balaient les rues adjacentes au musée. Ils sont montés dans un taxi dont l'enseigne était éteinte.

– Un complice ? s'interrogea à voix haute le commissaire.

– C'est probable. Ce salaud a des amis dans tous les milieux ! Le véhicule est parti en direction de l'est. Voyons… Ils ont dû trouver deux rues successives en sens interdit. Quant à la troisième…

– La rue du KFC ! Le bâtard ! coupa le brigadier Vautrin.

– Bon sang, le fumier ! Évidemment ! renchérit la brigadière-chef Bourdette.

– Vous pourriez m'expliquer ce qui se passe ? demanda, visiblement agacé, le commissaire.

– Nous pensons qu'ils se sont réfugiés au « Kingdom of Fresh Chickens », expliqua Bourdette. C'est une boîte à minets, mais où les vieux influents pleins de fric sont admis. Ils étaient certains de passer inaperçus au milieu d'une clientèle comme celle-là.

– Bien raisonné, brigadière-chef. Alors, qu'est-ce que vous attendez ? demanda le commissaire en se levant tout à coup. Foncez-y pendant que je m'occupe des médias !

– On le tient, ce salaud ! répondirent en chœur les deux policiers.

La brigadière-chef et son adjoint avaient prestement remis leurs casquettes de service et se dirigeaient vers la porte du vaste bureau. Fichet-Bauche les arrêta au moment où ils allaient franchir le pas de la porte.

– Au fait, brigadière-chef Bourdette et brigadier Vautrin, faites-moi penser, un de ces jours, à vous demander pourquoi vous en voulez tant à cette bavure de Glandon.

Chapitre 18

– Cédric, que se passe-t-il ? Que contient ce message ? Cédric, réponds-moi !

Mais Cédric était incapable de parler à son oncle. Il n'entendait rien, ne voyait rien. Le sol s'était dérobé sous ses pieds et il s'abandonnait à un délicieux vertige, bouleversé au-delà de tout par ce qu'il venait de lire dans le message.

Mona ! Mona est ici ! Dans cette salle !

Quand il eut recouvré quelques-unes de ses forces, il se mit à la chercher du regard. Ses yeux vrillaient les fumées, perçaient les faisceaux multicolores des *light shows,* traversaient la masse ondulante des corps juvéniles agités de mouvements gracieux rythmés par les basses du dernier single de David Charvet. *Seulement les hommes,* proclamait le chanteur. Mais Cédric s'en moquait bien, désormais.

Mona est là ! Je puis aimer qui je veux !

Il la repéra enfin, assise dans un coin retiré de la boîte. Il la reconnut aussitôt, à son énigmatique sourire, à ses bras croisés sur son buste généreux, à son regard qui semblait regarder bien au-delà des apparences. Elle baignait dans une lumière de crépuscule qui rendait flous ses contours. *Sont-ce mes yeux qui me trompent ou est-elle toujours enrobée d'un léger* sfumato ? se demanda-t-il brièvement. Elle paraissait toujours aussi sereine, comme étrangère à ce qui l'entourait. Son allure, sa prestance, son charme inexplicable étaient tellement irrésistibles qu'on n'aurait pas été surpris qu'une nuée de touristes japonais surgissent et la mitraillent de flashes.

Quand elle sentit le regard de Cédric sur elle, Mona cligna de l'œil et Cédric retrouva l'usage de la parole.

– Tonton Glandon, Mona est revenue pour nous aider. Tu te rends compte ? C'est merveilleux, n'est-ce pas ?

– Allons, allons, mon garçon ! Il faut garder la tête froide et surtout ne pas la mêler à nos histoires. Je te rappelle ce qui est arrivé à Gédéon. Tu ne voudrais quand même pas la voir arrêtée pour complicité d'assassinat et assistance à deux fugitifs recherchés par la police ?

Cédric baissa la tête en soupirant.

– Tu as raison... Quel égoïste je fais ! Sans toi, j'étais prêt à la compromettre pour le simple plaisir de l'avoir à mes côtés...

– Écoute, l'heure n'est ni au sentimentalisme déplacé, ni à l'autodénigrement. Je te dois toujours une explication sur *Darla Dirladada* et je vais te la donner...

– Vous nous la donnerez dans mon taxi !

Cédric et Glandon sursautèrent. La voix semblait surgie de nulle part. Ils levèrent ensemble les yeux et découvrirent que Mona les avait rejoints.

– Que faites-vous là, mademoiselle Mona ? demanda Glandon. Mon neveu et moi-même sommes en pleine conversation privée et...

– ... et la police est à vos trousses ! le coupa Mona.

– Comment le savez-vous ?

– Omar, le videur de l'entrée. Je le connais bien, c'est lui qui me fournit ma clientèle à la sortie du KFC. Il vient de me prévenir que les flics ont appelé pour demander qu'on ne laisse personne sortir de l'établissement. Ils ont votre signalement et ils seront là d'ici quelques minutes. J'ai bien fait de revenir sur mes pas, non ?

Cédric la regardait, éperdu de surprise et d'admiration.

– Pourquoi… ? Pourquoi êtes-vous revenue nous chercher ? réussit-il à demander.

Mona sembla hésiter, comme si elle-même ignorait les raisons de sa présence à leurs côtés. Elle fronça légèrement les sourcils et dit de sa voix douce :

– À vrai dire, je l'ignore. Quand je vous ai vus devant le MATH, j'ai tout de suite pigé que vous étiez en fuite. Ensuite, après vous avoir laissés devant le KFC, j'ai senti que vous étiez en danger et je suis revenue. Je ne sais pas exactement pourquoi. *Il fallait sans doute que cela arrive…* Venez, filons !

Sans lui laisser le temps de répliquer, Mona avait saisi la main de Glandon et l'entraînait en direction du bar. Cédric les suivait comme un somnambule à quelques mètres de distance. Arrivée à la caisse, la jeune fille fit un signe de connivence au garçon qui répondit en baissant discrètement les paupières.

– La voie est libre ! dit-elle. Cédric, qu'est-ce que tu fais ? Bouge-toi un peu, ce n'est pas le moment de rêvasser !

Du fond de son rêve éveillé, Cédric entendit la voix de Mona sans vraiment comprendre le sens de ses paroles. Une seule chose le frappa : *Mona me tutoie !* Il la vit ouvrir une trappe située derrière le comptoir. Une odeur de moisi et d'humidité s'exhala aussitôt du trou sombre. Mona saisit la lampe de poche que lui tendait le barman et fit signe à Glandon de s'engager le premier sur une étroite échelle qui plongeait, presque verticalement, dans la fosse obscure. Charlus hésita un instant devant la profondeur de l'abîme. Mais déjà Mona le bousculait et il disparut dans le souterrain, suivi de Cédric et de Mona qui referma la trappe derrière eux.

– Suivez-moi de très près car c'est un vrai capharnaüm, ici. De l'autre côté de la cave, il existe une issue de secours qui débouche sur le parking où je me suis garée.

Les trois fugitifs atteignirent sans trop de difficultés la porte annoncée par Mona et se retrouvèrent dans un parking souterrain neuf et puissamment éclairé. La lumière artificielle les fit cligner des yeux, mais tous trois respiraient déjà mieux. Mona continuait de diriger l'évasion.

– Cédric, tu montes à l'arrière avec le professeur Glandon. Aplatissez-vous autant que possible. Ils cherchent trois personnes et sans doute pas une fille. Ce ne sera pas très confortable, mais, dès que nous aurons quitté le quartier, nous aviserons. Vous êtes prêts ?

La conductrice fit un brusque demi-tour sans attendre leur réponse et les deux passagers clandestins se retrouvèrent projetés vers l'arrière.

– Désolée pour le démarrage un peu nerveux. Je me sentirai mieux quand nous les aurons semés pour de bon. Connaissez-vous un endroit sûr où nous pourrions nous réfugier ?

– Pourquoi ne pas aller à mon hôtel ? proposa Glandon. Ce serait assez pratique, je pourrais me changer. C'est la deuxième fois cette nuit que je suis contraint de traverser des caves sombres et poussiéreuses, je ne vous dis pas l'état de ma veste en tweed…

– Impossible, tonton ! Ils nous ont vus, ils nous ont parlé, ils savent qui nous sommes. Ils vont évidemment mettre ton hôtel sous surveillance. Si ce n'est déjà fait…

Le taxi venait de déboucher dans la rue de Rivoli qu'il remontait en direction de la place de la Concorde. Mona avait ralenti le véhicule. Il était inutile désormais de courir le risque de se faire repérer pour un banal excès de vitesse. Son sublime visage était visiblement tendu, mais son sourire intact. Ils venaient de dépasser le ministère de la Marine lorsqu'une forte voix nasillarde se fit entendre dans l'habitacle.

– Taxi Seven à ML189, m'entendez-vous ? Je répète : Taxi Seven pour ML189, vous me copiez ? Répondez !

Mona jeta un bref regard à la radio de bord, sembla hésiter une fraction de seconde, mais ses mains ne quittèrent pas le volant. La voix reprit, plus pressante.

– ML189, répondez ! Votre véhicule a été vu chargeant deux individus à la sortie du MATH. ML189, êtes-vous à bord ? Répondez ! À vous…

– Cédric a raison, dit Mona. Nous ne pouvons prendre le risque d'aller à l'une de vos adresses. Quant à moi, je crois que je suis dans le même cas que vous, désormais…

– ML189, ici central Taxi Seven. Les deux individus en question sont armés et dangereux ! Je répète : les deux individus sont dangereux !

Glandon s'était redressé sur son siège. D'un air accablé, il époussetait les manches de sa veste. Le foulard noué autour de son cou était fripé, sa chemise bâillait au niveau du col. Le sémillant universitaire semblait s'être métamorphosé en un très vieil homme, comme si des milliards d'années de décalage horaire en classe économique pesaient sur ses épaules. Il toussota un peu, s'essuya nerveusement les mains sur son pantalon en toile de lin beige et dit, comme s'il était lui-même surpris des paroles qu'il prononçait :

– J'ai un très vieil ami qui a une propriété à une heure de Paris. Il pourra certainement nous cacher quelque temps… Je l'appelle immédiatement.

Chapitre 19

Malgré l'interdiction formelle du Vatican, nombreux ont été les grands mystiques et les dirigeants de tous les temps qui ont eu secrètement recours au jeu de l'oie pour lire l'avenir ou comprendre le passé. Trop rares encore sont ceux qui savent que c'est à ce mystérieux palmipède qu'on doit la révocation de l'édit de Nantes, l'Anschluss ou la dissolution de 1995.

Inventé par les Grecs pendant le siège de Troie pour tuer le temps et consulter les augures, le jeu de l'oie se retrouve dans les civilisations égyptiennes où il est offert en présent aux défunts, et chez les Celtes où ce sont les druides qui en détiennent les règles secrètes. Après des siècles de pratique en Occident préchrétien, le jeu disparaît brusquement de l'histoire humaine lors de la conversion de l'empereur Constantin à la fin du IVe siècle. Il faut ensuite attendre la fin du XVIe siècle pour le voir mystérieusement réapparaître à Florence, à la cour des Médicis, peu de temps après la mort de Léonard de Vinci, sans qu'aucun rapport de cause à effet entre ces deux événements n'ait jamais pu être formellement établi par les historiens officiels.

Assis dans un canapé Napoléon III, le Maître sirotait un Aspégic 1000 en considérant attentivement le jeu de l'oie déployé devant lui. Il s'agissait d'une réédition du fameux modèle en bois peint réalisé en 1599 par les héritiers de Benoît Rigaud.

Sur le plan symbolique, l'oie annonce le danger et présage le feu. C'est d'ailleurs elle qui fut choisie pour annoncer l'incendie du Capitole en 390 avant notre ère. Le tracé du jeu de l'oie, en forme de spirale, évoque les plus grands mystères de notre temps : le labyrinthe de la connaissance vraie, le chemin à suivre pour atteindre les puissances de l'invisible, le repaire du Minotaure, l'emblème des Templiers, la vie de Perceval, les forêts obscures de Bavière, le code des impôts… Sur un plan plus ésotérique, ce jeu est conçu comme un parcours initiatique où le lancer de deux dés permet la progression le long de soixante-trois cases.

Le Maître avala une gorgée du pétillant liquide contenu dans son verre comme pour interrompre par une action quelconque le long exposé historique sur les origines du jeu de l'oie.

Au fil des scores obtenus, les joueurs déplacent leurs pions vers la lumière, représentée par la case numéro 63. Le but ultime est d'arriver le premier à cette dernière case. Pour ce faire, chaque participant est pourvu d'un pion personnel en forme d'oie et de quelques jetons qui symbolisent les vaines richesses terrestres. Le parcours comprend quatorze cases représentant une oie, disposées à intervalles réguliers et qui donnent le pouvoir de lancer de nouveau les dés.

Le Maître cligna des yeux.

Opposées à ces cases bénéfiques, des cases malfaisantes retardent la progression vers la lumière et pénalisent le joueur. Il s'agit des cases 6 (auberge), 19 (pont-levis), 31 (puits), 42 (labyrinthe), 52 (pendaison), et 58 (prison). Quand deux joueurs se retrouvent sur la même case, l'occupant initial doit aller occuper la case laissée libre par l'arrivant. À la différence des échecs ou du Pictionnary, le jeu de l'oie n'est pas un jeu de stratégie, d'adresse ou de culture générale, mais un cheminement initiatique où le destin (représenté par les dés jetés) tient un rôle fondamental.

L'oie du Maître se trouvait sur la case 6 (auberge), qui, selon l'interprétation de la Règle revue par la Cabale, ne signifie pas « bon lit et repas chaud », mais « attente stérile et tour perdu ». Tout en tenant son verre d'une main, le Maître remuait les deux dés au creux de l'autre.

Le contretemps annoncé par Guazzinella et la fausse piste sur laquelle les avait entraînés Vaugoubert lui avaient causé une terrible migraine. Mais la partie ne faisait que commencer et le but était plus proche que jamais, il le sentait. Les dés roulèrent brièvement sur le tablier vernis du coffret. Trois plus cinq : le huit ! Le chiffre parfait par excellence ! « Huit » comme la huitième et dernière croisade vers Tunis, projetée par Charles Ier d'Anjou et au cours de laquelle Louis IX mourut de la peste noire ! « Huit » comme la place de l'oxygène dans le tableau périodique des éléments de Mendeleïev ; comme le nombre d'années que met la Lune pour accomplir son cycle ; comme les huit côtés des octogones, les huit tentacules des octopodes, les huit membres du G8 ! « Huit », qui une fois couché, représente l'irreprésentable : l'infini, le *double cockring**...

La céphalée du Maître était devenue intolérable mais le vent venait peut-être enfin de tourner. Retenant son souffle, il avança en tremblant de huit cases. Serrée par des doigts moites, la figurine d'ivoire sculptée atterrit doucement sur la case 14. *Une case oie ! Je peux rejouer !* Après une nouvelle gorgée d'aspirine pétillante, les dés roulèrent une fois encore. Six et un : le sept ! Le chiffre mystérieux par excellence ! « Sept » comme Uranus, la septième Planète du système solaire, ou « Sept » comme le département de l'Ardèche. « Sept » comme la somme des faces opposées d'un dé, comme le nombre légal de jours pour annuler une commande ou comme le sept de carreau, carte maîtresse au Nain jaune.

La petite oie blanche reprit son vol au-dessus du labyrinthe et vint se poser sur la case 21. Le Maître réprima un frisson de surprise : le Puits !

Contrairement à ce que prétend la tradition profane, le puits ne symbolise pas la chute et l'immobilisation du joueur au fond d'un trou humide, mais le « retour inespéré d'un être de lumière longtemps perdu de vue ».

C'est de la lumière que vient souvent la clarté, ne put s'empêcher de constater le Maître. *Il faudra que je le dise à Guazzinella.*

À cet instant, son téléphone se mit à sonner dans la poche de son peignoir.

Chapitre 20

Depuis qu'elle avait retrouvé sa petite chambre, Guazzinella tournait en rond comme une âme en peine. La *drag queen* avait déjà supporté bien des souffrances dans sa vie de justicière au service de l'Organisation, mais rien ne semblait pouvoir égaler celle qu'elle endurait cette nuit-là. *J'ai trahi la confiance que le Maître avait mise en moi,* se répétait-elle compulsivement.

Le conservateur du MATH s'était joué d'elle, préférant mourir plutôt que de livrer son secret. Il l'avait envoyée sur une fausse piste savamment préparée. Une sinistre blague, un cul-de-sac qui les contraignait à revenir sur leurs pas.

À chercher ailleurs. Mais où ? Qu'allait-elle devenir ? Après ce nouvel échec, le Maître allait-il la renvoyer à son ancienne vie ? Quand elle était revenue sans le Grand Piquet du musée des Arts décoratifs[1], le Maître s'était montré plutôt indulgent et compréhensif. *Qu'est-ce que l'échec sinon un succès qui n'a pas réussi ?* lui avait-il dit après avoir écouté ses excuses à genoux au téléphone. D'ailleurs, elle n'avait fait qu'exécuter scrupuleusement les ordres : interroger le

1. Voir notes pp. 61, 81, 99 et 110.

conservateur du MAD, l'étrangler et, en suivant ses indications, fouiller les doubles rideaux du living. Était-ce sa faute si elle n'y avait découvert que des conseils de feng-shui traditionnel pour aménager un salon de thé ? Mais rien de directement utile à la quête sacrée de l'Organisation.

Fatiguée de tourner sans fin, Guazzinella s'était accoudée à l'unique fenêtre de la petite chambre que le Maître louait pour elle. Au loin, par temps clair, elle pouvait apercevoir le moulin de la Galette et même la tour Eiffel, cette autre immense dame aux grands pieds, comme elle éternellement scintillante, comme elle infiniment seule.

Quand tout serait fini, quand le Maître serait enfin satisfait d'elle, quand son devoir serait accompli, Guazzy s'en irait, changerait de vie, peut-être même d'identité ou de couleur de cheveux. Elle se voyait parfois travaillant dans l'humanitaire, s'occupant de *drag queens* âgées, les accompagnant jusqu'à une fin digne et impeccable. D'autres fois, elle s'imaginait reprenant le bar-tabac de ses parents. Ils auraient été tellement fiers d'elle… Mais en attendant, Guazzy avait, une fois de plus, déçu son protecteur et Maître. Et comme Celui-ci, dans sa mansuétude immense, s'était contenté de la sermonner en claquant la langue et de lui raccrocher au nez, Guazzinella décida de se punir elle-même.

Face à la fenêtre d'où arrivait l'air frais de la nuit, en équilibre sur une seule *platform boot,* elle commença à se fouetter le dos avec un martinet du catalogue RoB par correspondance. *Tu n'es qu'une bonne à rien à tout faire ! As-tu oublié qui t'a fait queen ?* se répéta-t-elle à voix basse et en fermant les yeux, jusqu'à ce que la douleur dans son bras fût si intolérable qu'elle s'effondrât, épuisée, mais réveillant ainsi son instinct de lutte et le voisin du dessous.

Au même instant, son téléphone sonna. Allongée à plat ventre sur un vieux tapis en agneau retourné, Guazzy tendit le bras vers l'appareil et l'approcha de son visage ravagé par la souffrance. *C'est le Maître qui m'appelle ! Il est sans doute encore fou de colère envers moi. Il n'arrive pas à dormir et il veut me morigéner de nouveau pour passer le temps. Tant mieux ! N'est-ce pas tout ce que je mérite, après tout ?*

– Maître ? dit-elle d'une voix craintive et encore affaiblie par la punition qu'elle venait de s'infliger.

– Guazzy ? Tu ne dormais pas ?

– Non, Maître ! Vous auriez préféré que je dorme… Je vous ai encore déçu, n'est-ce pas ?

– Pas du tout, c'était une simple remarque. Qu'est-ce que tu vas chercher ?

– Vous trouvez que je vais toujours chercher des trucs trop compliqués et que c'est pour ça que je rate les missions que vous me confiez ?

– Je n'ai pas dit ça, si tu m'écoutais, tu saurais pourquoi je t'appelle si tard, répondit le maître en claquant la langue d'impatience.

– C'est pour me punir de n'être pas assez à l'écoute que vous m'appelez si tard ? Vous avez raison, Maître, c'est tout ce que je mérite. Mais hélas, je ne dormais pas. Voulez-vous que je m'endorme de façon que vous puissiez me punir en me réveillant ?

L'impatience et les claquements de langue redoublèrent à l'autre bout du fil.

– Espèce d'abrutie, vas-tu te taire ? Je t'appelle parce que j'ai des nouvelles. De bonnes, de très bonnes nouvelles…

– Vous avez retrouvé le Grand Piquet ?

– Pas encore ! Mais je viens d'apprendre que Gédéon de Vaugoubert a transmis le véritable secret de la Vieille Tente avant de mourir.

– Le vieux n'est pas mort sur le coup ? Je lui ai pourtant bien fait la rotation cranio-cervicale dans l'axe spinodorsal comme je l'ai appris aux cours de pancrace. Maître, ô Maître, pardonnez-moi ! J'ai encore failli à ma tâche, je ne suis qu'une insignifiante et misérable petite…

– Tais-toi ! Peu importe puisque je te dis qu'il a donné les vraies informations à deux pauvres innocents qui ignorent à quel point ils sont en danger. Alors, surtout, ne te rendors pas, je vais encore avoir besoin de toi cette nuit.

– Je ne dormais pas, Maître. Je suis désolée, pardonnez-moi !

Le Maître claqua la langue et raccrocha, laissant Guazzinella, effondrée de remords, sombrer enfin dans le sommeil.

Chapitre 21

Situé à moins de cent kilomètres à l'est de Paris, le petit village de Saint-Aristide-en-Brie est surtout connu pour son église du XIIe siècle et son château médiéval. Paradoxalement, cet édifice majestueux et austère, entouré d'un parc de toute beauté, trouve tout naturellement sa place au cœur de l'architecture rustique du village, sous le ciel rarement bleu de l'Île-de-France, dans le silence de ces vastes étendues agricoles que Balzac, dans son roman *Pierrette,* qualifiait déjà de « désert de Froment ».

La présence d'un jardin d'inspiration toscane en pleine Brie n'en reste pas moins inattendue, à l'image de son fantasque, sophistiqué et voyageur propriétaire : le marquis de Longueville.

– Vous êtes bien certain, professeur, que votre ami peut nous accueillir tous les trois, en pleine nuit, sans poser de questions ? demanda une nouvelle fois Mona en regardant Glandon dans son rétroviseur.

– Absolument. Je vous répète que quand je l'ai appelé, le marquis ne dormait pas. Il a d'ailleurs eu l'air ravi d'avoir de la visite et il m'a affirmé qu'il nous attend.

Le taxi de Mona avait quitté la capitale depuis une cinquantaine de minutes et, insensiblement, les paysages que traversaient les trois fugitifs s'étaient transformés jusqu'à devenir parfaitement plats. En regardant par la fenêtre du véhicule, dans le clair de lune laiteux, ils pouvaient deviner, s'étendant à perte de vue, la masse ondoyante des champs de céréales qui les engloutissait.

– D'après mon GPS, nous devrions arriver d'ici quelques minutes, observa Mona.

– Si tu en profitais pour nous expliquer tout ce que tu sais, tonton, suggéra Cédric en posant sa main sur la cuisse de son oncle et en la serrant légèrement à travers le lin.

Glandon eut l'impression de recevoir une décharge électrique.

– Je te rappelle que je suis ton oncle, mon enfant, trouva-t-il la force de balbutier.

– Raison de plus pour tout me dire, tonton. Allons, nous t'écoutons..., insista Cédric en flattant de la paume l'intérieur de la jambe de Glandon dont le trouble croissant se manifesta notamment par une brusque suée.

– Cédric, je te conjure de cesser immédiatement ce petit jeu ! Tu oublies que nous ne sommes pas seuls. Mademoiselle est là ! Je croyais d'ailleurs que tu...

– Je n'ai aucun secret pour Mona, tonton. Nous sommes tous les trois dans le même bain, désormais ! répondit Cédric en embrassant du regard la nuque sublime de la jeune fille.

– Cédric a raison, professeur ! Vous pouvez y aller franco. Je suis mouillée jusqu'au cou dans vos entourloupes. Sans compter que le procédé qui consiste à entretenir le suspens à coup d'interruptions inopinées du récit commence à se voir...

– Très bien, concéda le professeur en dégageant sa cuisse de l'étreinte de son neveu. Cette fois, je crois qu'il me faut effectivement y passer. Avez-vous déjà entendu parler de la Vieille Tente ?

– La boutique du Quartier latin ? demanda Cédric.

– Tu confonds avec le Vieux Campeur, corrigea sèchement Glandon. La Vieille Tente est une organisation secrète qui date du VIIe siècle avant notre ère et dont la mission est de conserver le secret découvert par David et Jonathan. Je suppose que ces deux prénoms vous disent quelque chose…

– Évidemment ! s'écria Mona. Les deux benêts en chemise rayée qui chantaient en chœur *Est-ce que tu viens pour les vacances ?* Le tube de l'été 1988 !

– Topissime ! confirma Cédric qui se mit aussitôt à fredonner, très vite rejoint par Mona :

T'avais des yeux d'enfant
Des yeux couleur de l'océan
Moi, pour faire le malin
Je chantais en italien…

– Décidément, mes enfants, je me demande ce qu'on vous apprend à l'école aujourd'hui… Bien, reprenons. Selon le prophète Samuel, Jonathan, fils du roi Saül, a sauvé des griffes de son père le beau David. Or, d'après certains exégètes non autorisés par le Vatican, les deux garçons auraient ensuite découvert un secret et adopté un enfant.

– Un enfant ? Pour quoi faire ? demanda Mona.

– Tu n'aimes pas les enfants ? l'interrogea Cédric avec un accent de dépit mal dissimulé.

– Si, mais c'est du boulot. Surtout à leur époque, il n'y avait pas d'aide familiale, pas de nounou…

– Mes deux mères m'ont élevé sans nounou et avec seulement les allocs. Elles y sont arrivées quand même !

– Mes pères aussi, mais ils sont profs d'art plastique avec plein de congés…

– Excusez-moi de vous interrompre, les enfants, mais je vous rappelle qu'à votre demande, j'étais en train de vous expliquer ce que je sais sur la ténébreuse affaire à laquelle nous sommes mêlés…

– C'est vrai, tonton Glandon. Excuse-nous… Tu étais en train de nous dire que David et Jonathan ont adopté un enfant… Et Mona se demandait pourquoi.

– C'est une bonne question, continua Charlus. En fait, s'ils ont eu un fils, c'était parce qu'ils avaient absolument besoin d'une descendance pour lui transmettre leur terrible secret.

– Mais de quel secret peut-il bien s'agir ? s'interrogea Cédric. Un secret si important qu'ils ne pouvaient le confier à personne d'autre qu'à leur propre enfant ?

– Les légendes les plus folles ont couru à ce sujet : plan détaillé de l'arche de Noé, jour et heure de la fin du monde, formule qui donne amour, gloire et beauté à son détenteur… Mais le plus probable, c'est que ce secret prouve qu'à l'origine du monde, la différence entre les sexes n'existait pas. La mission sacrée de la Vieille Tente, c'est de protéger ce terrible secret…

– Mais, ces illuminés du camping, où les trouve-t-on ? demanda à son tour Mona, soudain intéressée.

– Partout et nulle part. Dans les universités, les bureaux, les usines, les cités de banlieue, les médias… Et, bien entendu, dans les autres sociétés secrètes : Templiers, Francs-Maçons, Rose-Croix, Jeunes de l'UMP, Adventistes du 8e jour, Rotary Club… Toutes sont infiltrées par des taupes de la Vieille Tente.

– Mais a-t-on jamais vu des Vieilles-Tentistes à visage découvert ? s'enquit Cédric.

– Pas officiellement, bien sûr, mais on a retrouvé un jour une liste rassemblant un nombre considérable de personnages publiques et historiques, de tous les domaines de la pensée et de toutes les périodes de l'histoire.

– Qui était inscrit sur cette liste, tonton ? demanda Cédric d'une voix blanche.

– Je n'ai pas la mémoire des noms, répondit Glandon en soupirant, mais je sais qu'on y trouve un certain nombre de VIP comme Akhenaton, Alcibiade, Alexandre le Grand, Vittorio Alfier, Marc Allégret, Pedro Almodóvar, Amédée VIII, Antinoüs, Antisthène, Marc Antoine, Louis Aragon, Aristippe, Aristogiton, Franck Arnal, Jean-Paul Aron, Artaxerxés II (surnommé Mnemon), Asclepiade de Samos, Mustapha Kemal Pacha dit Atatürk, Wystan Hugh Auden, Caius Julius Cesar Auguste, Francis Bacon, sir Baden-Powel, James Baldwin, Pierre Balmain, Khayr Ed-Din dit Barberousse, Roland Barthes, William Beckford, Vincenzo Bellini, Benoît IX, Pierre Bergé, Enrico Berlinguer, Thomas Bernhard, Léonard Bernstein, Plastic Bertrand, William Blake, Jorge Luis Borgès, César Borgia, Jean-Louis Bory, Jean-Baptiste Botul, Sandro Botticelli, Johannes Brahms, Bertolt Brecht, Jean-Claude Brialy, Benjamin Britten, Marcus Junius Brutus, James Buchanan, Buffalo Bill, Richard Burton, lord Byron, John Cage, Caius Cesar Caligula, Antonio Canova, Truman Capote, le Caravage, Marcel Carné, Catulle, Colette, Constantin Cavafy, Benvenuto Cellini, Miguel de Cervantès, Caius Julius César, Henry Chapier, Jacques Chazot, Patrice Chéreau, Frédéric Chopin, Cléomène III, Montgomery Clift, Jean Cocteau, Cyril Collard, Concino Concini, James Cook, Pierre de Coubertin, René Crevel, George Cukor, Édouard Daladier, Gabriele D'Annunzio, Dave, David, Brad Davis, Jacques-Louis David, James Dean, Eugène Delacroix, Serge de Diaghilev, Christian Dior, Donatello, Gaston

Doumergue, Georges Dumézil, Patrick Dupond, Albrecht Dürer, Édouard II d'Angleterre, Serge Mikhaïlovitch Eisenstein, le chevalier d'Éon, Euripide, Rupert Everett, Manuel de Falla, Rainer Werner Fassbinder, Marsile Ficin, Pascal Fioretto, Gustave Flaubert, Errol Flynn, Jodie Foster, Edward Edgar Forster, Michel Foucault, François François, Fréderic II le Grand, Federico García Lorca, Jean-Paul Gaultier, Pierre Gaxotte, Jean Genet, Théodore Géricault, André Gide, Allen Ginsberg, Nikolaï Vassilievitch Gogol, Witold Gombrowicz, Cary Grant, Hervé Guibert, Hadrien, Keith Haring, Henri III, Guy Hocquenghem, Friedrich Hölderlin, John Edgar Hoover, Vladimir Horowitz, Rock Hudson, Christopher Isherwood, Max Jacob, Henry James, Derek Jarman, Alfred Jarry, Jonathan, Marcel Jouhandeau, Juvénal, Jack Kerouac, Calvin Klein, Bernard-Marie Koltes, Giusepe Tomasi di Lampedusa, Burt Lancaster, Catherine Lara, Lawrence d'Arabie, Thierry Le Luron, Joseph Losey, Louis XIII, Louis II de Bavière, le maréchal Lyautey, Thomas Mann, Klaus Mann, Roger Martin du Gard, Louis Massignon, Bruno Masure, François Mauriac, Jean Marais, Conchita Martinez, Somerset Maugham, Amélie Mauresmo, Félix Mayol, un tas de Médicis, Herman Melville, Freddie Mercury, Michel-Ange, Michou, Yukio Mishima, Monsieur Propre, Mustafa III, Yves Navarre, Martina Navratilova, Néron, Rudolf Noureev, Abû Nuwâs, François Ozon, Wilfred Owen, Pier Paolo Pasolini, Paul II, III et IV, Anthony Perkins, Fernando Pessoa, Roger Peyrefitte, Platon, Francis Poulenc, Marcel Proust, Richard I et II, Arthur Rimbaud, Laurent Ruquier, Yves Saint Laurent, Claude de Saint-Simon, Franz Schubert, William Shakespeare, Luca Signorelli, Socrate, Petr Illitch Tchaïkovski, Alfred Tennyson, Rudolf Valentino, Paul Verlaine, Gianni Versace,

Théophile de Viau, Hervé Vilard, Léonard de Vinci, Virgile, Luchino Visconti, Antoine Vitez, Andy Warhol, Walt Whitman, Oscar Wilde, Tennessee Williams, Ludwig Wittgenstein, Xénophon, Marguerite Yourcenar, Zorro et Bernardo…

Charlus reprit son souffle.

Il avait très légèrement pâli et Cédric remarqua son trouble.

– Que se passe-t-il, tonton ? Tu as l'air fatigué tout à coup.

– Ce n'est rien… C'est de réciter cette liste qui me gêne. N'y a-t-il pas quelque chose de malsain, voire de répugnant dans le fait de réunir tous ces talents, toutes ces vies, tous ces destins si différents sous une seule étiquette : leur appartenance à la Vieille Tente ?

– Vous avez raison, Professeur, confirma Mona. Ça fait un peu « tribu » de *has been*, comme on dit dans *Zurban*.

– Sans compter qu'il y a aussi…

– Il y a aussi qui ? demanda Cédric.

– Il y a aussi ton père, mon enfant.

– Mon père ? !

Glandon s'était tu. Seul le ronronnement sourd du moteur emplissait maintenant l'habitacle du taxi où la révélation de Glandon avait plongé les trois voyageurs nocturnes dans de singulières pensées.

Ce fut Mona qui rompit le silence.

– Mais enfin, qu'y a-t-il de commun entre tous ces gens ?

Glandon, visiblement soulagé de briser à son tour l'étrange embarras qui les avait saisis, se racla la gorge et reprit sur un ton plus professoral :

– À en croire certains spécialistes, ils partageraient le fameux secret découvert par David et Jonathan et auraient tous fait le serment éternel de le protéger.

Chaque fois qu'on les a interrogés au sujet de la Vieille Tente, ces personnalités ont d'ailleurs toujours fait mine de ne pas comprendre la question…

– Mais quel rapport tout cela peut-il avoir avec l'assassinat de mon père ? demanda Cédric dans un soupir où se mêlaient candeur et désarroi.

– Je te l'ai dit, Cédric. Ton père était membre de la Vieille Tente. Sans doute même, un membre éminent. Peut-être savait-il où se trouve le « Grand Secret »…

– Vas-tu enfin t'expliquer, tonton ? s'impatienta Cédric.

– Tu as encore en tête l'étrange accoutrement dans lequel nous avons retrouvé ton père, n'est-ce pas ? Eh bien, j'ai de bonnes raisons de penser qu'il s'agit d'un message pour…

– Et moi, j'ai de bonnes raisons de penser que nous sommes arrivés ! l'interrompit Mona en arrêtant sa voiture devant une imposante grille en fer forgé.

Chapitre 22

– Taxi Seven, ne quittez pas…

– Taxi ? Quel taxi ? je n'ai jamais commandé de taxi ? Et d'abord, comment avez-vous eu mon numéro personnel ? Allô ?! Allô !…

Le commissaire Fichet-Bauche venait d'être interrompu par une version *easy listening* des *Quatre Saisons* de Vivaldi. Après quelques entraînantes mesures du « Printemps », où il avait reconnu la touche inimitable du Rondo Veneziano, il était sur le point de raccrocher lorsqu'une voix familière se fit enfin entendre.

– Commissaire ? Ici la brigadière-chef Bourdette.

– Bourdette ? Qu'est-ce que vous fichez aux taxis Seven ?

– Mauvaises nouvelles, commissaire…

– Quoi ?! Ne me dites pas que vous les avez encore laissés filer !

– En quelque sorte, si, commissaire…

– Bande d'incapables ! J'ai déjà trois journalistes qui font le pied de grue dans la salle d'attente du musée. Qu'est-ce que je vais leur dire, moi ?

– Nous savons où ils sont, commissaire…

– Comment ça, vous savez où ils sont ? Allez les chercher, alors !

– Nous savons qu'ils se sont enfuis à bord d'un

véhicule de la compagnie Taxi Seven. Et votre hypothèse semble se confirmer : ils ont un complice. Une jeune femme du nom de Mona Lasy. Les taxis Seven nous ont montré sa fiche et j'ai vu sa photo : ses yeux limpides ont l'éclat de la vie. Son nez, aux ravissantes narines roses et délicates, est la perfection même. Au creux de sa gorge généreuse, le spectateur attentif a l'impression de pouvoir saisir le battement des veines. Elle vous regarde de loin, avec un sourire à la fois mystérieux et complice. Comme si elle voyait au-delà des apparences et que…

– Qu'est-ce que c'est que ce baragouin ? Vous vous foutez de moi, brigadière-chef ?! Où sont-ils ?

– Heu… Ils ne répondent pas à la radio. Mais comme chaque véhicule de la flotte des Taxis Seven est muni d'une balise GPS, nous les avons localisés dans la région de Provins.

– Passez me prendre immédiatement. Puisque je ne peux pas vous laisser seuls, je vais moi-même me rendre sur le théâtre des opérations. Ça va me dérouiller un peu et ça fera des images *live* pour les reporters…

Chapitre 23

Devant la majestueuse entrée du parc, le taxi de Mona semblait ridiculement petit et presque anachronique. À l'extrémité d'une longue allée arborée en pente douce, on distinguait l'imposant château moyenâgeux dont le donjon était illuminé. Le sévère édifice surplombait un immense jardin en terrasses où quelques arbres remarquables et centenaires étaient eux aussi savamment éclairés. Sur un des pilastres supportant la grille de l'entrée, une plaque de cuivre luisante annonçait :

Château des Hauts de Longueville.
Colportage et démarchage interdits.

À l'intérieur du véhicule, Cédric et Mona ressentaient le même étrange malaise.

– Tu es sûr que nous pouvons faire confiance à ton ami, tonton ? demanda Cédric.

– Absolument formel. Le marquis de Longueville et moi, nous nous connaissons depuis nos années de pensionnat. Nous avons partagé le même dortoir, les mêmes douches, le même aumônier et enfin la même thurne à Normale. C'est donc un ami intime. De plus, il est immensément riche et donc désintéressé. Et comme il est assujetti à l'ISF, il déteste les autorités. Donc, pas de risques non plus qu'il nous dénonce à Fichet-Bauche et à ses sbires.

– Qu'allez-vous lui dire des raisons qui nous ont amenés jusque chez lui en pleine nuit ? interrogea à son tour Mona.

– Tout ! J'ai d'ailleurs déjà commencé au téléphone quand je l'ai appelé tout à l'heure. Comme il est un peu désœuvré, le marquis de Longueville est féru des grands mystères de notre temps et il est sans doute la personnalité la plus compétente sur la Vieille Tente que je connaisse. Cela fait des années que, pour occuper sa vie de rentier oisif, il cherche à découvrir ce que le fils caché de David et Jonathan a fait du « Grand Secret ».

– Mais comment pouvez-vous être sûr qu'il ne fait pas lui-même partie de la Vieille Tente ? insista Mona en se retournant vers Glandon.

– Je sais qu'il a postulé pour en être mais qu'il n'y a jamais été admis. Je n'en sais pas plus. Je dois aussi vous prévenir tout de suite qu'il souffre d'une affection extrêmement étrange.

– Laquelle ? demanda Cédric, vaguement inquiet.

– Il ne peut pas sentir les filles…

– Bon, si ce n'est que ça… On aurait pu s'en douter sans que tu nous préviennes, tonton !

– Je ne parle pas de ses goûts personnels. Je veux dire qu'il est vraiment allergique à l'odeur de la gent féminine. Comme d'autres aux poils de chat ou au gluten. Ça lui donne une espèce de conjonctivite, des plaques rouges, voire des œdèmes. Donc, Mona, je vous demanderai de vous asperger d'eau de toilette masculine pour ne pas l'incommoder… Tenez, chaque fois que je passe chez Séphora, je demande des échantillons gratuits du « Mâle[1] » de chez Jean-Paul Gaultier. Mettez-en généreusement…

Mona vida aussitôt le contenu de la fiole sur sa sublime chevelure qu'elle ébroua ensuite telle une crinière, puis, se penchant à sa fenêtre, elle appuya sur le bouton du vidéophone.

– Château des Hauts de Longueville, j'écoute…, répondit aussitôt une voix suave et grave à la fois.

– Bonsoir, je suis Mona Lasy, j'accompagne…

– Mais ?! Mais vous êtes une fille ? Qu'est-ce que c'est que ça ? J'attendais le professeur Glandon et son neveu, pas une fille !

Charlus sortit précipitamment du taxi, en fit le tour et approcha son visage du micro et de la caméra du cerbère électronique.

– Richard ? Tu m'entends ? C'est moi, Charlus ! Ouvre-nous, s'il te plaît. Je n'ai pas eu le temps de t'expliquer pour notre conductrice. Mais ne t'inquiète pas, elle ne sent rien…

– Et vous, monsieur, qui êtes-vous ? Qu'est-ce qui me prouve que vous êtes bien mon vieil ami ? Autant que je me souvienne, Charlus Glandon a toujours eu un visage fin et racé.

– Bon, ça va, Richard, n'insiste pas. J'ai un peu forci du menton et des joues. Le décalage horaire, les soucis… Tu sais ce que c'est…

– Pas du tout. Vous n'êtes qu'une mauvaise copie du professeur Charlus Glandon !

– Mais enfin, Richard, qu'est-ce que tu vas chercher ? Qui veux-tu que ce soit, à une heure pareille ? C'est moi, évidemment !

1. Un échantillon du parfum « Le Mâle » offert chez Séphora sur présentation de cet ouvrage.

– On ne trouve évident que ce qui ne semble pas être contestable ! Je vais vous poser trois questions vérité. Si vous êtes bien le Glandon que vous prétendez être, il vous sera facile d'y répondre. Sinon…

– Sinon quoi ? demandèrent en chœur Cédric et Mona qui n'en menaient pas large.

– Sinon rien, trancha Glandon. Je vais répondre à ces questions et nous allons entrer ! Je t'écoute, Richard, mais fais vite, je t'en conjure !

– Première question : quel est le titre du livre semestriel de Pascal Sevran publié début 2006. A : *Le monopole des crocus.* B : *La suprématie du dalhia.* C : *Le privilège des jonquilles.*

– Facile ! *Le privilège des jonquilles* ! Son soixante-huitième bouquin. Il me l'a envoyé !

– Son attachée de presse vous honore ! Passons à la deuxième question. Cocteau ou Marais ?

Glandon hésita un court instant. Il savait pertinemment ce que la carrière de Jean Marais devait à son ami Jean Cocteau. Mais, par chance, il se souvint que le marquis avait la diction, le port de tête et la toison blanche de Jean Marais.

– Jean Marais, répondit-il avec détermination.

– Évidemment ! Mais c'était trop facile. Voyons maintenant comment vous allez vous tirer de cette question-là.

Le marquis de Longueville marqua un bref temps d'arrêt puis énonça lentement sa dernière question :

– En quelle année Régine a-t-elle repris *L'Aigle noir* de Barbara en version disco ?

Glandon eut l'impression qu'un abîme s'ouvrait sous ses pieds. Malgré la fraîcheur de la nuit printanière, des gouttelettes de sueur perlaient à ses tempes. Il s'aperçut avec horreur qu'il n'en avait pas la moindre idée ! Il avait bien, jadis, passé quelques nuits fort arrosées avec la sémillante interprète des *Petits Papiers.* Avec son cigare, ses bijoux, ses chinchillas et son boa, la « grande Zoa » était du pain béni pour le jeune sémiologue gay qu'il était alors. Quant à *L'Aigle noir,* il l'avait déjà entendu massacrer à la Star Ac', mais de là à imaginer une reprise par Régine… Non, décidément, il ne voyait qu'une réponse envisageable à la question piège du marquis :

– Une telle abomination est impensable de la part d'une si grande dame envers une autre dame encore plus grande ! finit-il par crier dans l'interphone.

Un déclic sourd se fit entendre et la grille s'ouvrit dans un plaintif grincement de métal rouillé qu'on martyrise.

La voiture remonta lentement l'allée bordée de majestueuses topiaires d'ifs qui conduisait au château. Au détour d'une courbe, le bâtiment sembla surgir de la nuit et les toiser du haut de ses siècles d'histoire. Toutes les fenêtres du rez-de-chaussée étaient éclairées.

Mona demanda à Glandon et à Cédric de descendre et alla se garer derrière le donjon. Quand elle les eut rejoints, ils gravirent tous trois les degrés d'un perron moussu jusqu'à une petite terrasse en pierres de taille. À peine s'en furent-ils approchés qu'une massive porte pivota silencieusement sur elle-même, découvrant un vestibule qui baignait dans une pâle lumière jaunâtre.

Une voix lointaine leur parvint, légèrement déformée par de multiples réverbérations.

– Entrez, mes amis, entrez ! Je ranime le feu du salon de bridge et je suis tout à vous !

– Je vous parie plutôt que ce grand coquet est en train de se recoiffer, dit Glandon à voix basse.

Ils pénétrèrent dans un couloir glacial et humide et continuèrent à avancer vers une vaste pièce dont la porte ouverte semblait être l'origine de la voix qui les avait accueillis. Au fur et à mesure de leur progression, la lumière montait en intensité tandis que la douce chaleur d'un feu de bois devenait plus sensible.

Le seuil du salon franchi, ils découvrirent ensemble une silhouette en contre-jour qui se tenait debout face à eux devant une gigantesque cheminée. Quand les contours de la forme se furent encore précisés, les trois visiteurs virent apparaître un homme de taille moyenne, d'une soixantaine d'années, légèrement empâté et dont la blanche chevelure évoquait irrésistiblement celle du père de Catherine Deneuve dans *Peau d'Âne*.

De là où ils se trouvaient, il leur était encore impossible de distinguer les traits de son visage, mais ils purent remarquer que le marquis portait un peignoir de satin noué à la taille sur une tenue *casual country* en velours à petites côtes.

– Richard, c'est bien toi ? demanda Glandon à l'ombre qui se détachait sur la lumière mouvante des flammes.

– Charlus, grand flatteur ! Je n'ai quand même pas rajeuni au point que tu ne me reconnaisses pas ! Comment vas-tu, très cher ? Tu ne m'en veux pas de t'avoir un peu taquiné sur tes bajoues, n'est-ce pas ?

Glandon fit mine de ne pas avoir entendu et se tourna vers Cédric et Mona pour les présenter au marquis.

– Richard, voici Cédric, le fils d'une de mes demi-sœurs par le premier mariage de mon père. Cédric, voici le marquis de Longueville, un vieil ami à moi et sans doute l'un des plus grands spécialistes mondiaux de la Vieille Tente.

– Enchanté, marquis, dit Cédric en lui tendant la main.

– Exquis ! commenta le marquis après avoir détaillé le jeune homme des pieds à la tête.

– Et voici Mona, une de mes anciennes étudiantes. Nous l'avons rencontrée par hasard cette nuit en sortant du MATH et nous lui devons une fière chandelle. C'est en fait grâce à elle que nous avons pu venir te rejoindre.

– Ah ! Ces femmes ! répondit le marquis en haussant les épaules et en gardant ses distances, elles ont le chic pour nous faire croire qu'elles sont indispensables. Néanmoins, soyez la bienvenue, madame. Mes amis vous ont-ils parlé de ma légère intolérance vis-à-vis des exhalaisons féminines ?

– Absolument, cher marquis, répondit Mona. Ne craignez rien, je tiendrai mes distances. Je suis moi-même légèrement diabétique et allergique aux effluves trop douceâtres.

Le marquis ne releva pas, mais se tourna ostensiblement vers le feu qu'il fit mine d'attiser quelques instants puis, pivotant à nouveau sur lui-même, il leva les bras au ciel.

– Mais quel goujat je fais ! Je ne vous ai même pas proposé de prendre une douche, dit-il en regardant Cédric, ni même offert un thé ! J'ai ici une bouilloire d'eau chaude et du Earl Grey de chez Harrod's, ça vous va ?

Cédric et Mona acceptèrent volontiers l'offre du marquis.

– Tu n'as rien de plus fort ? s'enquit Glandon, visiblement dépité. Je suis en décalage horaire et j'aurais bien besoin d'un petit remontant.

– Un Mariage Frères ?! À cette heure de la nuit ? s'étonna le marquis.

– Je pensais plutôt à un bon vieil armagnac… Tu as ça ?

– Je vais voir. Mais je comprends mieux pourquoi tu as l'air aussi empâté du bas du visage…

Laissant Glandon méditer sur sa responsabilité écrasante, le marquis s'éclipsa quelques minutes et revint en poussant une table roulante débordant littéralement de flacons de liqueurs colorées.

– Tiens, sers-toi. Tu devrais trouver le poison de tes rêves là-dedans.

Quand tout le monde fut assis avec une boisson à la main, le marquis croisa les jambes et se frotta la paume des mains sur son peignoir.

– Alors comme ça, vous êtes sur la piste de la Vieille Tente ? demanda-t-il, les yeux scintillant d'une flamme de dévorante curiosité.

– Mon cher Richard, nous sommes venus avec un véritable puzzle à reconstituer et nous comptons sur toi pour nous aider. Cédric, veux-tu montrer à notre ami les clichés que tu as pris du corps de Gédéon de Vau… de ton pauvre père ?

Le marquis sursauta, regarda successivement Glandon puis Cédric et resta un long instant interdit.

– Gédéon de Vaugoubert était votre père ?! J'ignorais qu'il avait un fils…

– Je l'ai moi-même appris cette nuit, expliqua Cédric en baissant les yeux et en lui tendant son téléphone portable.

Le marquis fit défiler d'un doigt les clichés pris dans la boutique du musée.

– Mon Dieu ! Quelle horreur ! Cet assemblage de couleurs… Je n'arrive pas à croire que c'est lui qui a pu s'habiller ainsi. Effectivement, nous avons à faire à des gens prêts à tout. En ce qui concerne l'énigme, sans vouloir t'offenser, mon cher Charlus, tu n'as pas besoin de mes services, elle est largement de ton niveau…

– Je n'ai jamais dit le contraire ! Je n'ai simplement pas eu le temps de me pencher sur elle. Je te rappelle que nous sommes en fuite depuis la découverte du corps. Mais ce n'est pas tout : en plus de son SMS d'appel et de son étrange accoutrement, Monsieur de Vaugoubert nous a laissé un message écrit.

– Un message ? Écrit de sa main ? Et que dit-il, ce message ?

– Tiens, lis toi-même.

Le marquis de Longueville déplia le papier à en-tête du musée. Il y déchiffra les lignes penchées que Gédéon de Vaugoubert y avait inscrites avant de quitter ce monde. Ses bras se mirent à trembler et Cédric, Glandon et Mona, qui n'avaient cessé de l'observer pendant qu'il lisait, le virent blêmir mortellement.

Un silence accablant s'installa durant lequel le marquis sembla hésiter à croire ce qu'il découvrait. Après avoir détourné son regard de la feuille de papier, il dit d'une voix blanche, les yeux perdus, comme s'il fixait un point à l'infini de l'horizon :

– Comment n'y ai-je pas pensé tout seul ? Évidemment : *Darla Dirladada* ! Excusez-moi une minute, j'ai un coup de fil urgent à donner.

Chapitre 24

Dans la voiture avec gyrophares qui le transportait hors de Paris, le commissaire Fichet-Bauche avait la désagréable impression de jouer les utilités dans une intrigue qui se déroulait sans lui. De plus, peu habitué à quitter le 3e arrondissement, il était plutôt mal à l'aise dans le puissant véhicule roulant à plus de 150 km/h sur l'autoroute de l'Est, heureusement quasi déserte à cette heure de la nuit. Cramponné d'une main à l'appui-bras central de la banquette arrière, il tapota de l'autre l'épaule de son chauffeur.

– Inutile de trop nous presser, Guimard.

– Je laisse la camionnette de la brigadière-chef Bourdette nous distancer, commissaire ?

– Tout à fait. Pensez aux équipes de télé qui essaient de nous suivre. De toute façon, je suis prêt à parier que quand nous allons arriver sur place, ils vont encore nous filer sous le nez. Que voulez-vous, mon vieux Guimard, dans ce genre d'histoire, nous sommes condamnés à arriver toujours trop tard ou, au mieux, *in extremis* au moment du dénouement... Et puis, voyez-vous, les poursuites en voiture, c'était bon au siècle dernier, dans les films de Belmondo. Dans les romans d'aujourd'hui, les flics utilisent les méthodes modernes : profiling, psycho, décodage... Les vidéos du musée sont en train d'être visionnées par nos services. J'attends des nouvelles d'un instant à l'autre.

À cet instant précis, le téléphone portable du commissaire se mit à sonner.

– Fichet-Bauche, j'écoute !

– Commissaire, j'ai les résultats de la recherche que vous m'avez demandée.

– Parlez, c'est un ordre !

– Nous avons visionné les bandes de vidéosurveillance.

– Eh bien ?

– Les deux suspects semblent sincèrement surpris de découvrir le cadavre du conservateur. On jurerait qu'ils sont innocents…

– Gardez pour vous vos délires d'interprétation et contentez-vous des faits scientifiques !

– Il est aussi question des Templiers, de déguisements codés et d'un texte qui semble terroriser le suspect numéro 1.

– Un texte ? Quel texte ?

– L'enregistrement n'est pas très clair, mais il semble que cela s'appelle *Darla Dirladada*…

Le commissaire sentit un inexplicable frisson le parcourir des pieds à la tête.

– *Darla Dirladada,* vous avez dit ?! Trouvez-moi ce texte, réveillez les services de décryptage et rappelez-moi dès la prochaine interruption du récit principal. Exécution !

Chapitre 25

Bien que vêtue de sa tenue *outdoor, platform boots* ultra-plates, *sports wear* en polaire et bandeau pour contenir ses cheveux, Guazzinella eut beaucoup de mal à pénétrer dans son exiguë Clio Préférence. Quand enfin elle y fut parvenue, elle démarra et se mit en route en direction du Grand Est parisien en essayant de se rappeler chaque détail du coup de téléphone qui venait de l'arracher au sommeil et au désespoir.

– Guazzinella ?

– Maître ?! Je ne dormais pas, Maître. Je vous le jure !

– Peu importe, mon enfant. *Pendant que le chat dort, l'araignée tisse sa toile...*

– Oh, une maxime avec des animaux ! J'adore vos maximes avec des animaux, Maître. Ce sont mes préférées. Celle avec l'œuf qui voulait devenir aussi plein que le bœuf. C'était quoi déjà, la morale ?

– Tais-toi, ma grande. J'ai de bonnes, de très bonnes nouvelles !

– Encore ? !

– Que veux-tu dire par « encore » ?

– La dernière fois que vous m'avez appelée, vous aviez déjà de bonnes, de très bonnes nouvelles, Maître.

– Ah bon ? Quel genre ?

– On vous avait parlé de gens à qui Vaugoubert aurait laissé entendre avant sa mort où se trouve le Grand Piquet.

– J'ai mieux, cette fois !

– Vous avez le Grand Piquet ?

– Non, mais je sais où se trouvent les gens à propos desquels on m'a dit que Vaugoubert leur aurait révélé le lieu où se trouve le Grand Piquet avant de mourir.

– Le Grand Piquet est mort ?

– Vas-tu te taire, bougre de crétine ! voilà ce que tu vas faire. Rends-toi au château de Longueville. Il y a une porte dérobée au fond du parc, sur le flanc nord. Prends ton arme avec toi et suis exactement les instructions que je vais te donner…

Guazzy s'était grossièrement remaquillée et aussitôt mise en route. À tout hasard, elle avait mis une pelle dans son coffre au cas où elle en aurait besoin un peu plus tard. Cette fois, elle en était sûre, le dénouement était proche. Tout proche, même. Sur l'autoroute A4, peu avant la sortie n° 13 qui dessert Provins, elle doubla une voiture de police qui, malgré ses gyrophares, se traînait lamentablement à 110 km/h.

Chapitre 26

Réchauffés par le thé, l'armagnac et le feu de bois, les trois invités du marquis retrouvaient peu à peu leurs forces. Une agréable torpeur les avait saisis et un paisible silence, à peine troublé par les crépitements des flammes, régnait dans l'immense salon. Ce fut Glandon qui, s'installant sur le bord du moelleux fauteuil où il s'était lové jusqu'alors, rompit ce fragile instant de trêve.

– Désolé de rompre ce fragile instant de trêve, mes amis. Mais je crois qu'il est grand temps de mettre en commun nos connaissances.

– Tu m'enlèves les mots de la bouche ! J'allais le proposer, appuya le marquis de Longueville en se redressant à son tour. Que savez-vous de la Vieille Tente, les enfants ? demanda-t-il en s'adressant à Cédric et à Mona.

– Pas grand-chose, commença Cédric, si ce n'est que ça date du VIIe siècle avant Jésus-Christ, que ça protège le secret transmis par David et Jonathan à leur enfant et que ça regroupe des tas de gens importants, des artistes, des *people* et même des politiques…

– Tu oublies de dire que des fanatiques sont prêts à tuer pour posséder le secret abrité par la Vieille Tente, compléta Mona.

– Exact ! J'ajoute que mon père en était sans doute

un membre important et qu'il nous a laissé un message qui pourrait nous mener jusqu'à ce secret.

– Pas si mal, pour des débutants, jugea le marquis. Maintenant, je vais vous initier un peu plus. À l'aide d'une petite expérience… Jeune homme, dit-il en s'adressant à Cédric, auriez-vous l'obligeance de nous apporter l'ouvrage qui se trouve actuellement sur ma table de lecture…

Cédric s'exécuta et revint avec un lourd volume relié en cuir rouge qu'il remit avec précautions entre les mains du marquis. Celui-ci s'humidifia l'index d'un coup de langue et tourna quelques feuilles de l'ouvrage avant de s'arrêter sur une double page calligraphiée dans une savante écriture anglaise.

– Je vais maintenant vous donner des listes de mots. Pour chacune d'entre elles, je vous demanderai de m'en donner le genre. Bien entendu, Charlus, tu ne joues pas…

Le marquis avala bruyamment sa salive et commença à lire lentement :

– Abysse, Albâtre, Alvéole, Ambre, Amiante, Anathème, Antipode, Antre, Aphte, Apogée, Catafalque, Colchique, Edelweiss, Effluves, Éloge, En-tête, Exergue, Haltère, Insigne, Interstice, Jade, Jaspe, Opprobre, Tentacule, Viscère…

– Féminin ! dirent en chœur Cédric et Mona.

Richard de Longueville gloussa de plaisir et poursuivit :

– Affres, Anagramme, Apostrophe, Argile, Autoroute, Échappatoire, Écritoire, Épigramme, Épithète, Immondices, Oasis, Ocre, Octave, Oriflamme, Réglisse, Thermos…

– Masculin ! répondirent cette fois les deux jeunes gens.

Le marquis semblait sous le coup d'une inexprimable exultation de toute son âme.

– Et que pensez-vous de : après-guerre, après-midi et perce-neige ?

Sans attendre la réponse, il continua, d'une voix de plus en plus forte et saccadée :

– Et quelle est votre opinion sur un aide de camp qui apporte une aide ? Un aigle qui devient une aigle sur un blason héraldique ? Un carpe de la taille d'une carpe ? Un hymne national qui devient une hymne à l'église ?

Ses yeux s'étaient mis à lancer de sombres éclairs. Il commença soudain à osciller sur lui-même tout en continuant sa litanie de questions, sans plus se préoccuper d'attendre les réponses.

– Et que dire d'un frais amour de jeunesse devenu par le charme de la grammaire de vieilles amours enfantines ? Ou d'un délice qui procure de longues délices ? !… demanda-t-il en regardant ses auditeurs avec une hargne qui leur fit froid dans le dos.

– Richard ! Voyons, calme-toi ! Ils n'y sont pour rien ! intervint Glandon.

Le marquis sembla revenir à lui. Il toussota pour cacher sa gêne et retrouva aussitôt sa voix profonde et suave.

– Excusez-moi, jeunes gens, c'est un sujet qui m'est cher. Je m'emporte facilement.

– Y a pas de mal, mais vous ne nous avez pas dit si nos réponses étaient correctes.

– Toutes absolument fausses, évidemment. Les premiers sont masculins, les seconds féminins, les troisièmes ambisexués, les autres hermaphrodites et les derniers changent de sexe au pluriel… Par cette expérience, j'ai voulu vous montrer combien est artificiel le genre des choses et des êtres…

– C'est en effet arbitraire et troublant, acquiesça Mona. Mais ne sont-ce point des choses qui existent depuis la fondation du monde ? Dans toutes les langues, dans toutes les cultures, existent des conventions qui font qu'on dit, par exemple : *une* vieille pédale, *un* dentier neuf, *une* tapette à perruque voyante, *un* marquis chauve… Il en a toujours été ainsi, n'est-ce pas ?

Richard de Longueville leva un regard pénétrant vers la jeune fille.

– Ah oui ? Et qu'en savez-vous, mademoiselle ? siffla-t-il entre ses incisives visiblement neuves. Au nom de quelle autorité scientifique ou spirituelle vous permettez-vous d'en juger ?

Mona soutint quelques secondes le regard affilé du marquis puis baissa les yeux, troublée jusqu'au tréfonds de son âme par ce qu'elle y découvrit.

– Vous… vous avez peut-être raison… Je ne voulais pas vous offenser. Je…

– Allons, allons, ne nous chamaillons pas ! s'interposa Charlus. Ce qu'a voulu montrer avec son petit jeu mon ami Richard, c'est que le sexe des choses ne coule sans doute pas de source comme on voudrait nous le faire croire. Et que les genres que nous utilisons ne sont peut-être pas les bons…

– Mais comment savoir lequel est correct ? demanda Cédric

– Certains disent que c'est un des secrets que recèle la Vieille Tente…

– Tu veux dire, tonton, que la Vieille Tente détiendrait le secret du vrai genre premier de tout ce qui existe ? Mais alors, cela expliquerait pourquoi mon père faisait toujours ces bizarres erreurs de grammaire : « Tu veux une sucre dans ta café ? », « Un bon pipe après la repas, c'est le joie parfait »…

– Votre père utilisait le vrai genre des choses dans la vie courante ? s'exclama le marquis. Fascinant !

– Mais nous ne savons toujours pas pourquoi il s'est accoutré de la sorte avant de mourir…, remarqua Mona.

– Je crois pouvoir vous éclairer assez facilement à ce sujet, dit Glandon. J'ai d'ailleurs déjà tenté à plusieurs reprises, mais nous sommes sans cesse interrompus par les besoins du suspense, qu'exige l'éditeur.

– Vas-y, tonton Glandon. Je crois que c'est le bon moment, cette fois.

– Bien, je vais essayer. Je vous rappelle que quand nous l'avons trouvé, le conservateur avait sur la tête une casquette traditionnelle en cuir noir. Autour de son cou était noué en triangle un bandana à damier noir et blanc. Il portait également un débardeur marin et un pantalon d'uniforme du NYPD* sur lequel étaient attachés des *chaps** beiges à franges d'où dépassaient des baskets roses.

– Commençons par le plus simple : le bandana.

– C'est un foulard de cowboy, n'est-ce pas ? Peut-être mon père faisait-il partie d'un club de danse country ? suggéra Cédric.

– Allons, allons. Soyons sérieux. Tu imagines ton père faire de la *line dance* avec un chapeau de cowboy et des santiags ? Non, ce bandana est celui qui est utilisé dans les clubs de drague. Dépassant de la poche arrière gauche, il veut dire : « Je suis actif, je suis un maître. » Porté à droite, il signifie : « Je suis passif et soumis. » Il possède également un code couleur par spécialité. Gris gauche : « J'aime bien ligoter », gris droit : « J'aime être ligoté », etc.

– Mais, sur la photo, la victime porte le bandana autour du cou, fit observer Mona.

– Exact ! Et le foulard est noir et blanc, le code couleur international recommandé par l'OMS pour le *safer sex*. Je traduirais donc tout cela par : « *Ma mort n'est pas due à une pratique sexuelle à risques.* » Ce qui est confirmé par le dernier SMS qu'il t'a envoyé…

– Son message disait exactement : « *Elle vient de s'en aller, l'horreur hystérique.* » De qui peut-il vouloir parler ?

– De son agresseuse, évidemment. D'après les empreintes de pas que nous avons retrouvées, il s'agit d'une géante.

– Une géante ?! s'exclamèrent Cédric et Mona dans un accord parfait.

– Oui, une géante. Une femme qui chausse du 54, j'appelle ça une géante ! À moins que…

– À moins que… ? répétèrent, bouche bée, les deux jeunes gens.

– À moins qu'il n'ait été supprimé par une *drag queen* tueuse. Et si c'est le cas, nous savons qui est derrière…

– Derrière qui ?

– Derrière la *drag queen* tueuse !

– La *drag queen* tueuse ? !

– Mais oui, la *drag queen* qui a tué Vaugoubert ! Essayez de suivre au lieu de faire de l'écholalie.

– De l'écholaquoi ?! interrogèrent de concert Cédric et Mona.

– De l'écholalie ! Ça consiste à répéter les paroles ou les chutes de phrases de l'interlocuteur. C'est un vieux procédé souvent employé par les écrivains américains qui écrivent de gros pavés payés à la ligne pour rallonger leur copie. Mais il ne faut pas en abuser sinon le lecteur risque de perdre le fil. Je disais donc que si c'est une *drag queen* tueuse qui a fait le coup, cela veut dire que c'est l'Oups Dei qui tire les ficelles.

– Excuse-moi, tonton, je te jure que ce n'est pas

pour faire de l'écholalie, mais tu as bien dit : l'Oups Dei ?! demanda Cédric.

– Oui, l'Oups Dei. Une société secrète dont le but ultime est de réparer la Gaffe de Dieu.

– Mais quelle est-elle, selon eux, cette gaffe divine ? demanda Mona.

– Patience, mes amis. Je vais y revenir… Passons maintenant à la casquette.

– La casquette, c'est clair, ne put s'empêcher d'intervenir à nouveau le marquis, c'est évidemment un clin d'œil à la période « B. Devotion » de la reine des icônes : Sheila. Donc, c'est 1977.

– Cette grossière erreur m'étonne de toi, mon cher Richard ! La casquette en cuir est apparue bien avant que ta Sheila ne sache même comment l'utiliser. Abba, au concours de l'Eurovision de la chanson en 1974, ça ne te dit rien ?

– Bonjour, la référence ! persifla Richard.

– Quand on est fan de Sheila, on ne devrait pas se risquer à juger les références des autres…, rétorqua Glandon. Quoi que tu en penses, la casquette en cuir, c'est évidemment un clin d'œil à Sylvie dans *Comme un garçon.* C'est donc 1968.

– On peut savoir ce que tu as contre Sheila ? Tu ne crois pas qu'elle a déjà assez souffert de tout ce qu'on a dit sur elle ? Toutes ces méchancetés affreuses sur son lifting, son mariage malheureux avec Ringo Willicat…

– Je n'ai rien contre elle personnellement, si ce n'est qu'elle a tout piqué à Sylvie Vartan. Mais il faut bien dire que Sylvie, elle, elle sait s'habiller et bouger en rythme ! Ce n'est pas pour rien qu'elle a fait Vegas et qu'elle bourre encore le Palais des Congrès !

– C'est peut-être que la vie a été moins cruelle avec ta Sylvie qu'avec Sheila… Un divorce, des accidents de voiture, une voix qui mue, un lifting qui tient mal… Sheila est une authentique femme malheureuse !

– Parce que tu crois que la vie de Sylvie, c'est du Barbara Cartland ?! Une enfance au milieu des communistes bulgares, l'arrivée à Paris par la Gare de l'Est, Johnny qui s'éloigne, l'accident de voiture, l'exil à L.A. où tous les jours se ressemblent…

Le menton du marquis se mit à trembler.

– Oh, et puis ça suffit ! éclata-t-il enfin sous le coup d'une émotion incontrôlable. Après toutes ces années sans une lettre, sans un coup de fil, tu débarques en pleine nuit et à peine arrivé, tu recommences aussitôt à débiner Sheila ! Si c'est comme ça, je crois qu'il vaut mieux qu'on se sépare avant de nous déchirer de nouveau. Je suis prêt à tout arrêter : l'enquête sur les plus grands mystères de notre temps, la Vieille Tente… Tout ça m'est bien égal…

Visiblement ému et embarrassé par la tournure que prenaient les événements, Glandon saisit la main de son vieil ami et la tapota doucement.

– Allons, allons, Richard, ne te mets pas dans des états pareils. Je ne supporte pas de te voir pleurer, tu le sais. Excuse-moi, je t'en prie… Tu as raison, j'ai été maladroit. Je n'aurais jamais dû raviver ces vieilles blessures…

– Hum… Concentrons-nous plutôt sur notre affaire, proposa Cédric, impatient de changer de sujet. Nous avons déjà un premier indice : 1968. Continuons avec le maillot marin à rayures…

– Je pense que nous serons d'accord au moins sur une chose, dit Glandon en interrogeant le marquis du regard, le marin incarne la quintessence de la masculinité équivoque. Plus qu'un homme, le marin est avant tout un mâle ambigu.

– Absolument ! confirma Richard en se mouchant discrètement.

– Euh… Moi, perso, j'ai bien connu un marin qui n'avait rien d'ambigu dans sa masculinité, fit remarquer Mona.

– Il y a des cons et des hétéros partout ! coupa le marquis en haussant les épaules.

– Hmm… Revenons à notre maillot, suggéra Glandon. Tout le monde sait que les garçons adorent les tops en lycra qui mettent en valeur leurs heures de *body training*. En revanche, le body marin stretch est clairement une allusion à Pierre et Gilles*.

– Pourquoi eux, précisément ? demanda le marquis. Étienne Daho, Popeye, Jack Lang, Michèle Alliot-Marie… tous ont posé en polo marin moulant.

– C'est juste, Richard. Mais je pense à Pierre et Gilles à cause d'une œuvre en particulier.

– Que veux-tu dire ?

Sans répondre à son vieil ami, Charlus se tourna vers son neveu.

– Cédric, aurais-tu la gentillesse d'aller nous chercher le catalogue complet des photos de Pierre et Gilles ? Je l'ai vu ouvert dans la bibliothèque quand nous sommes entrés.

Cédric s'exécuta rapidement, et Glandon se mit à feuilleter le catalogue à la recherche du cliché. Quand il eut trouvé la double page, il ouvrit le volume et le posa à plat sous les yeux de ses amis.

– J'imagine que vous avez tous déjà vu cette photo ?

Personne ne prit la peine de répondre. Ils avaient sous les yeux l'une des photos les plus mystérieuses de tous les temps. Elle représentait Adam et Ève, nus, au Paradis terrestre, se donnant la main.

– Observez-la bien, je vous prie. C'est important pour la suite…, demanda Glandon avec une diction d'hypnotiseur. Fermez les yeux, je vais maintenant vous poser quelques questions, poursuivit-il en refermant l'ouvrage.

Ses trois auditeurs s'exécutèrent aussitôt.

– Où est Adam ? demanda-t-il.

– À gauche.

– Très bien.

– Que porte-t-il ?

– Rien !

– Et Ève, où est-elle ?

– À droite, forcément.

– Et que porte-t-elle ?

– Rien, non plus !

– Parfait. Maintenant, vous pouvez rouvrir les yeux.

Glandon semblait aux anges. Il avait maintes fois fait subir ce petit test d'observation à ses étudiants. Et, chaque fois, le résultat était le même !

Le marquis de Longueville dévisagea Glandon de longues secondes avant de demander :

– À quoi rime ce jeu idiot ? Vas-tu enfin nous dire où tu veux en venir ?

Glandon lut dans les yeux de Cédric et de Mona la même irritation perplexe.

– Patience ! leur dit-il. Je vais tout vous expliquer…

Chapitre 27

La voiture du commissaire Fichet-Bauche avait quitté l'autoroute A4 et empruntait désormais de petites routes de campagne.

– Soyez prudent, Guimard ! ordonna le commissaire à son chauffeur. Vous avez vu les panneaux : des animaux peuvent traverser la route à tout moment et la chaussée peut être rendue glissante par les betteraves. Nous touchons au but, ce n'est pas le moment de déraper !

Assis à l'arrière du véhicule dont les phares fendaient la nuit, le commissaire se repassait le film des dernières heures. Vaugoubert assassiné, Glandon coupable, la photo de son complice sur le bureau de la victime, ses adjoints dans la camionnette qui les précédait, les reporters de France 2 et de M6 qui suivaient le cortège, un mystérieux texte à déchiffrer... *Ça y est, je sens le coup de pompe qui arrive... Mais qu'est-ce qu'ils foutent au décryptage ? Pourquoi n'appellent-ils pas ?*

D'un geste nerveux du poignet, Fichet-Bauche regarda sa montre. *Bientôt trois heures du matin ! Quand toute cette affaire sera terminée, je poserai des RTT. J'en ai tellement à récupérer qu'ils ne sont pas près de me revoir au bureau ! Sans compter que ça fait deux ans que je n'ai pas eu le moindre avancement. En plus, ils parlent de nous sucrer les Ticket-Restaurant... De toute façon, je ne vois pas pourquoi je me tuerais au boulot pour des types qui n'en valent pas la peine ! Dans cinq ans, la retraite, et après moi le déluge !*

– Vous avez l'air abattu, commissaire, remarqua Guimard en donnant un coup d'œil dans son rétroviseur. Quand nous avons quitté Paris, vous sembliez plein d'entrain et d'ambition. Simple coup de pompe ou quelque chose qui cloche ?

– Hmm ? Oui, je suis préoccupé, Guimard... Très préoccupé. Tout est *touchy* dans cette affaire, voyez-vous... La personnalité de la victime, d'abord. Si je vous donnais la liste de ses amis influents, vous auriez l'impression que je vous récite le *Gay & Lesbian who's who.*

– Il existe un *Gay & Lesbian who's who,* commissaire ?

– Évidemment, Guimard ! Comment croyez-vous que les personnalités gays et lesbiennes se reconnaissent entre elles ? Aux diamètres de leurs narines[1] ? À la longueur de leur psychanalyse ?

– Heu, non... En fait, je pensais qu'ils étaient tous de la même famille...

– La théorie génétique, hein ? Sachez qu'elle a été abandonnée il y a des années...

Quel abruti, ce Guimard ! Un brave gars, au fond, mais il n'a pas inventé le radar automatique... Bon sang, mais pourquoi le décryptage n'appelle-t-il pas ?

1. Voir l'étude américaine du professeur Robert Nostrill qui a démontré, en 1993, que la narine gauche des homosexuels est plus dilatée que celle de la moyenne de la population du Michigan.

Je vais devoir meubler encore longtemps avec Guimard et ses questions oiseuses ?

– Vous avez l'air songeur, commissaire, reprit le chauffeur. Quelque chose qui vous obsède ?

– M'ouais, quelque chose me taraude, Guimard : la personnalité de l'assassin. Voyez-vous, si je vous donnais la liste de ses crimes restés impunis, vous n'auriez plus confiance en la justice de votre pays.

– Parce que, vous, vous lui faites confiance à la justice de votre pays, commissaire ?

– Évidemment, Guimard ! Et tant que je n'y aurai pas eu affaire, j'entends bien continuer. Mais à propos de justice, Guimard, puisqu'on a un peu de temps, que savez-vous de la dépénalisation de l'homosexualité ?

– Dépénalisation ?! Vous voulez dire qu'il y a eu une époque où l'homosexualité était pénalisée ! ? Comme le cannabis et le port du voile à l'école, aujourd'hui ?

– Qu'est-ce que vous croyez ? Si la répression de la sodomie et de l'homosexualité a été abolie en 1791, il fut un temps où, quand vous vous disiez ouvertement homosexuel sans être Michel Foucault, vous étiez aussitôt fiché par nos services. Inutile de vous dire qu'à cette époque, il n'y avait pas 500 000 personnes à la Gay Pride !

– Il existe toujours, ce fichier, commissaire ?

– Supprimé par Gaston Deferre. Mais certaines associations d'activistes comme la très controversée « Get Out Paris » ont constitué le leur. Elles l'utilisent pour organiser des *outings*.

– Des quoi, commissaire ?

– Des dénonciations publiques, si vous préférez.

– Mais que dénoncent-elles, puisque ce n'est plus un délit ?

– Écoutez, Guimard, c'est un sujet complexe qu'il

est illusoire d'espérer épuiser ce soir, en pleine course-poursuite sur des routes secondaires peu sûres.

Après avoir ainsi mis fin de façon abrupte à la conversation, le commissaire regarda de nouveau sa montre et reprit son monologue intérieur en se massant l'estomac à travers sa chemise.

Trois heures et quart ! Je n'ai rien mangé depuis mon dos de cabillaud à l'unilatéral de 20 heures... Heureusement que je fais un peu attention à moi, sinon bonjour les clichés sur le vieux commissaire ventripotent qui boit de la bière et s'essouffle pour un rien. Faut dire que c'est pas le boulot qui me crève... Et alors ? Ils bossent, eux, les grands chefs ? Je les vois, moi. Ils arrivent vers 11 heures, deux ou trois parafeurs à signer et puis, hop ! C'est l'heure du déjeuner, jusqu'à 16 heures minimum. Après : coups de fil perso jusqu'à 19 heures... Oh, et puis, s'ils sont pas jouasses, ils n'ont qu'à me payer plus s'ils veulent que je mouille la chemise. C'est vrai quoi, merde, après tout c'est pas eux qui...

– Vous avez l'air aigri, commissaire. Quelque chose qui vous vrille la tête et met à vif votre ulcère à l'estomac ?

– Non, non. Tout va bien, Guimard, ne vous inquiétez pas. Nos services sont en train de travailler sur un texte mystérieux rédigé par la victime. J'attends des nouvelles d'un moment à l'autre.

À cet instant, le téléphone portable du commissaire se mit à sonner.

– Fichet-Bauche, j'écoute !

– Commissaire, j'ai les résultats de l'étude que vous m'avez demandée.

– Parlez !

– Nous avons fait des recherches sur l'expression *Darla Dirladada.*

– Hé bien ?

– C'est très troublant, commissaire.

– Je m'en doute, mon vieux. Depuis le début, tout est troublant dans cette affaire… Parlez sans crainte, je suis seul avec Guimard, mon chauffeur.

– Il s'agit d'un titre de chanson, commissaire…

– Quoi ?! C'est tout ce que vous avez à me dire ? Évidemment que *Darla Dirladada* est un titre de chanson ! J'ai vu *Les Bronzés,* comme la France entière.

Y a du soleil et des nanas
Darla Dirladada
On va s'en fourrer jusque-là !
Darla Dirladada
Pousse la banane et mouds l'kawa !
Darla Dirladada...

... se mit à chanter Guimard, d'une voix de plus en plus puissante.

– Guimard ! Qu'est-ce qui vous prend ? Taisez-vous immédiatement ! hurla Fichet-Bauche.

Le chauffeur jeta dans le rétroviseur un regard de chien qu'on bat à son patron et le silence revint aussitôt.

– Commissaire ? Vous êtes toujours là ? Nous pensons que les protagonistes font allusion à un « autre » *Darla Dirladada…*

– Quoi ? Il existe un « autre » *Darla Dirladada ?*

– Oui, commissaire. Le vrai, l'original. Une vieille chanson assez peu connue de Dalida.

– Et que dit-elle, cette chanson ?

– Nous ne pouvons la reproduire ici, commissaire. Cela pose des problèmes de droits d'auteur et nous devons absolument éviter les complications avec Orlando Furioso.

– Orlando quoi ? Qu'est-ce que c'est encore que ce truc ?

– Le frère de Dalida, commissaire.

– Évidemment, je comprends. Mais ce texte, vous l'avez décodé, n'est-ce pas ?

– J'ai mis tous mes hommes sur l'affaire, commissaire. Mais ce ne sera pas facile. C'est un de ces textes abstrus, comme le *Tata Yoyo* d'Annie Cordy ou le *Mambo du décalco* de Gotainer. Ils résistent depuis des années aux meilleurs programmes de décodage.

– Avez-vous déjà la moindre petite idée de ce que ça cache ?

– Les ordinateurs tournent encore mais, d'après les premiers éléments dont nous disposons et si nos hypothèses de travail sont correctes, cela concerne l'un des plus grands mystères de tous les temps…

Chapitre 28

Confortablement installé au fond de son fauteuil, Glandon sirotait un nouvel armagnac en posant un regard circulaire sur ses auditeurs. Il avait ouvert devant lui la double page de la photo d'Adam et Ève par Pierre et Gilles.

– Dites-moi, mes amis, n'y a-t-il rien qui vous surprend dans la représentation de cette scène au Paradis ?

– C'est kitsch comme un calendrier de La Poste ? remarqua Mona.

– Exact, mais encore ?

– Il n'y a pas de serpent ? tenta Cédric.

– Tu te rapproches, mon neveu. Quoi d'autre ?

– La fille est plutôt pas trop mal pour une fille..., remarqua le marquis.

– Et le garçon est tellement canon que même moi, si j'étais un peu bi sur les bords, je pourrais me laisser tenter, avoua Cédric.

– Ha, ha ! Là, vous brûlez tous les deux !

– Ève aussi est à croquer... et on ne voit pas leurs sexes ! ajouta Mona.

– Cette fois, on étouffe littéralement de chaleur ! s'exclama en jubilant Glandon.

– Oh, mais tu nous ennuies avec tes airs mystérieux ! explosa le marquis. On dirait Bataille et Fontaine avant l'ouverture du rideau ! Dis-nous ce qu'il faut qu'on trouve, Monsieur l'iconologue ! On gagnera du temps !

– Bien ! Puisque vous avez l'air si pressés de connaître la vérité, je vais vous aider avec une dernière question : combien il y a de pommes dans ce cliché ?

Se doutant qu'il s'agissait d'un piège, Cédric et Mona demandèrent à se concerter quelques minutes à l'écart avant de répondre.

– Vous permettez que je me joigne à vous ? sollicita le marquis, d'un air mystérieux.

Quand ils se furent tous trois isolés dans un coin du salon, Mona prit la parole.

– Il s'attend à ce que nous répondions : « aucune », c'est évident.

– C'est évident, mais c'est aussi la vérité. Il n'y a aucune pomme sur cette photo, fit remarquer Cédric.

– Justement ! souffla le marquis. C'est beaucoup trop évident ! C'est un tordu, je le connais. Vous ne pouvez pas vous imaginer ce dont il est capable ! Un jour, c'était pendant l'été 1974 je crois, nous étions partis en camping, lui et moi, sur les routes de Corrèze. J'avais passé la journée à marcher derrière lui et donc, forcément, j'avais eu tout le temps de regarder son dos puissant, ses fesses fermes, ses cheveux bouclés…

– Euh… Ne croyez-vous pas que cela nous éloigne un peu de notre sujet, marquis ? l'interrompit Mona.

– Pas du tout, Madame la fille ! répondit le marquis en la fusillant du regard. Laissez-moi terminer et vous comprendrez peut-être ! En fin d'après-midi, nous avons pris un bain dans une de ces rivières limpides et fraîches qui coulent à gros bouillons sur les cailloux moussus avec des truites argentées dedans, des libellules multicolores et même des écrevisses pour ceux qui aiment. On s'éclaboussait à contre-jour, on portait des slips à poche d'un blanc immaculé, on chahutait en riant de nos rires cristallins malgré la mue, on se bousculait sous les grands arbres, on se roulait dans l'herbe verte et tendre, on fumait des Gauloises bleues qu'on coupait souvent en deux, on découvrait nos jeunes corps, enfin nus et libres, où les premiers poils poussaient en duvets bruns et doux au toucher, on se partageait des chocos BN, on faisait gourde commune, on oubliait la guerre d'Algérie et la faim dans le monde... Bref, on se serait cru dans *Le secret de Brokeback Mountain* sans les vaches ou *Les roseaux sauvages,* de Téchiné, mais sans la Élodie Bouchez pour tout gâcher...

Le menton du marquis s'était mis à trembler. Ses yeux s'embuèrent et une fine goutte se mit à grossir à l'extrémité de son nez.

– Continuez, marquis. Vous pouvez tout nous dire, l'encouragea Cédric en regardant l'heure à la grosse pendule qui surmontait la cheminée.

– Oui, allez-y, monsieur, videz votre sac une fois pour toutes, confirma Mona. N'oublions pas que nous avons une énigme à résoudre...

Le marquis se moucha bruyamment et reprit son récit d'une voix plus ferme :

– Ce soir-là, sous la tente, je me suis approché de Charlus et je lui ai dit tout bas : « *Charlus, pourquoi ne nous marions-nous pas au Danemark ? Là-bas, c'est légal...* »

– Et alors ? demanda distraitement Cédric.

– Alors, il a pris ma main... Et il l'a posée sur sa proéminente...

– Très bien, marquis, je crois que nous avons compris, interrompit Mona.

Mais le marquis n'écoutait plus. Absorbé dans son souvenir, il poursuivit d'une voix de plus en plus altérée par l'émotion.

– Il a pris ma main et l'a posée sur sa proéminente pomme d'Adam. Et il m'a dit : « *Tu la sens, ma pomme d'Adam, Richard ? Maintenant, touche la tienne. Tu comprends ? Toi et moi, nous sommes des garçons ! Tu te rends compte ? C'est une chance et une malédiction à la fois ! Sans l'avoir choisi, nous sommes des marginaux. Des maudits et des élus. Et toi, tu voudrais qu'on se marie comme tout le monde ? Franchement, Richard, qu'y a-t-il de plus sinistre qu'une fête de mariage ?* »

– On dirait du Brassens, remarqua Cédric.

– Je ne suis pas du tout d'accord avec Charlus, protesta Mona, il suffit de bien choisir la robe et le traiteur. Sans compter qu'aujourd'hui il y a des *wedding planners** qui s'occupent de tout…

– Ce jour-là, j'ai compris que jamais il ne m'épouserait, soupira le marquis.

– J'ai trouvé ! s'exclama Cédric. La pomme d'Adam ! Ce dont veut nous parler le marquis avec sa longue parenthèse, c'est de la pomme d'Adam ! Combien y a-t-il de pommes dans le cliché de Pierre et Gilles ? Une ! Celle d'Adam. Tu entends, tonton Glandon ? Il y a une pomme : la pomme d'Adam… d'Adam !

Du fond de son fauteuil, Glandon gloussait de jubilation.

– Pas mal joué, les amis ! concéda-t-il. Vous y étiez presque !

– Presque ?! Comment ça, « presque » ? s'étranglèrent en chœur Cédric, Mona et le marquis. N'avons-nous pas déjoué ton piège grossier qui consistait à nous faire répondre qu'il n'y en avait aucune ?

– Vous l'avez presque déjoué. Eh oui, les amis. J'ai bien dit : « presque », répondit en souriant Glandon. En fait, la bonne réponse est « deux » !

Chapitre 29

– C'est agaçant, ces changements de chapitre en plein suspense ! fit remarquer Glandon.

– Pour une fois, je suis d'accord avec toi, confirma le marquis de Longueville. Et ce n'est pas la première fois qu'on nous fait le coup !

– C'est typique des auteurs de polars américains… Ils entretiennent la tension en découpant la moindre action en plusieurs morceaux. Et entre les morceaux, ils placent des ralentisseurs de récit. Des dialogues et des questions inutiles.

– Des quoi ? demanda Mona avec un sourire entendu.

– Exactement, ce genre de choses, tu as compris, Mona ! expliqua Cédric. Mais aussi des actions parallèles sans aucune utilité. Par exemple : « *Pendant ce temps-là, le commissaire Fichet-Bauche roulait toujours dans la nuit seine-et-marnaise…* » Du coup, les critiques disent que c'est un roman « qu'on ne peut pas lâcher ».

– Mais notre auteur à nous, avec un nom pareil, il n'est pourtant pas américain ! s'étonna Mona.

– Non, mais l'éditeur, lui, a bourlingué aux États-Unis, répondit Glandon. Du coup, il se la joue *East Coast.* Il l'appelle à tout bout de champ pour savoir où en est la copie, s'il y aura assez de scènes de sexe, des risques de procès, des *teasers* pour que le lecteur ne s'endorme pas…

– Ça doit pas être facile tous les jours d'écrire un roman dans des conditions pareilles ! remarqua Cédric

– Surtout pour ce qu'il est payé…, confirma Mona.

– Bon, essayons tout de même de poursuivre, proposa le marquis. Tu étais en train de nous dire que la réponse à ta question « Combien y a-t-il de pommes dans le tableau *Adam et Ève* de Pierre et Gilles » est deux alors que nous n'en avons trouvé qu'une…

– Oui, et je vais tout de suite essayer de vous expliquer pourquoi, si j'arrive à terminer ma phrase avant d'être encore interrom…

Chapitre 30

Pendant ce temps-là, le commissaire Fichet-Bauche roulait toujours dans la nuit seine-et-marnaise. Les premiers résultats donnés par le décryptage le troublaient plus qu'il n'osait se l'avouer. Si ses services avaient raison, il était sur un gros coup. Un très gros coup. *Qui sait combien donnerait le Vatican pour éviter que tout ça ne sorte demain dans la presse ?* se demanda-t-il en passant la main sur son estomac où son ulcère avait fini de se réveiller. *Mais suis-je encore à la hauteur de ce genre d'affaire ? Il y a quelques années, j'aurais foncé, je me serais impliqué à fond dans l'enquête, j'aurais retrouvé cette chiure de Glandon et je l'aurais forcé à avouer. Aujourd'hui, je ne sais pas si j'en ai encore la force. Mais peut-être, après tout, est-ce mon karma de finir petit patron au commissariat du 3e arrondissement ? Peut-être ne suis-je qu'un insignifiant petit fonctionnaire de police, comme Guimard ?*

– Ça va commissaire ? Vous avez l'air de quelqu'un qui n'a pas une grande estime de soi-même et dont le karma serait de finir commissaire dans un arrondissement de seconde zone. Quelque chose qui vous perturbe plus que vous n'osez vous l'avouer ? demanda Guimard.

– Hmm… ? Non, rien, Guimard. Continuez à rouler. Je crois d'ailleurs que nous sommes arrivés. Regardez, là, droit devant, la camionnette de Bourdette et Vautrin. Ils sont arrêtés devant une grille. Ils nous attendent…

Debout devant le majestueux portail en bronze ouvragé, le commissaire Fichet-Bauche embrassa du regard le château du marquis de Longueville qui, au fond de son impénétrable parc, brillait dans la nuit. Sans cesser de regarder la sombre allée en courbe qui menait jusqu'à l'imposante bâtisse, il s'adressa à sa brigadière-chef.

– Que savons-nous de la victime ?

– Quelle victime, commissaire ?

– Celle que nous allons trouver dans le château quand nous allons y pénétrer !

– Vous croyez que… ? Qu'ils ont… ?

– Réfléchissez un peu, Bourdette ! Vous oubliez à qui nous avons à faire ? Pourquoi seraient-ils venus jusque-là en pleine nuit si ce n'est pour dévaliser, violer et tuer le marquis de Longueville ?

– Je pensais que, peut-être, ils s'étaient réfugiés ici parce que le marquis est un vieil ami de Glandon… D'ailleurs, regardez la grille, commissaire, il n'y a aucun signe d'effraction.

Le commissaire sursauta.

– Le marquis ? Un ami de cette vidure de Glandon ! ? Qu'est-ce que vous en savez ?

– Je… Nous… Par des amis éloignés qui sont clandestins dans l'association très controversée « Get Out Paris », balbutia la brigadière-chef en baissant les yeux.

– Nous les avons appelés à tout hasard pendant le trajet, commissaire, la secourut Vautrin. Ils nous ont confirmé que Glandon avait été l'ami intime du marquis qui est, lui, un homme honorable et qui n'a jamais fait mystère de ses préférences.

– Mais alors, ça change tout ! dit Fichet-Bauche. Nous devons pénétrer le plus vite possible dans la propriété sinon, ils vont nous filer sous le nez une nouvelle fois. Combien sommes-nous ?

– Quatre en comptant Guimard, mais une trentaine avec les journalistes, répondit le brigadier. Et puis nous avons des fusils d'assaut, des armes de poing, des gilets pare-balles, des *karchers,* des *flash-balls,* des matraques électriques, des casquettes paralysantes, des bombes urticantes,...

– Sans oublier ceci ! ajouta Bourdette en tendant au commissaire une feuille de papier.

– Vous voyez bien que je n'ai pas mes lunettes, brigadière-chef ! De quoi s'agit-il ?

– Une décharge du FLAG* ! En cas de bavure devant les caméras...

– Excellent, brigadière-chef ! Excellent ! Maintenant, faites le tour de la propriété avec le brigadier Vautrin et assurez-vous qu'il n'y a pas d'autres issues que ce portail. Exécution !

Chapitre 31

Glandon passa la main dans ses cheveux ondulés et grisonnants, se redressa et rouvrit le catalogue Pierre et Gilles sur la table basse.

– Bien ! Je crois que j'ai assez abusé de votre patience, n'est-ce pas ? Alors, voilà le secret de cette photo. Si aucun serpent ni aucune pomme fruit ne sont représentés, c'est parce que nous sommes encore au Paradis. Si la prétendue Ève semble aussi désirable à Mona qu'à Richard (qui est pourtant allergique aux filles), et si Adam séduit même Cédric, c'est tout simplement parce que Adam, comme Ève, ont encore chacun une pomme. Il y a deux pommes ! Nous sommes avant la Gaffe Divine !

– Encore cette « Gaffe Divine » ? Vas-tu enfin nous dire de quoi il s'agit, tonton ? s'impatienta Cédric.

– C'est l'Oups Dei ! « Oups » comme dans « oups ! excusez-moi » et « Dei », le génitif de « Deus », expliqua Charlus.

– Merci pour la révision de latin, mais c'est quoi au juste, cette gaffe du Bon Dieu ? demanda Mona.

– Mais c'est d'avoir créé *la différence des sexes* ! intervint soudain le marquis en s'animant. Cette malédiction qui assigne au masculin et au féminin des rôles, des looks et des WC séparés sous prétexte que les garçons font pipi debout et les filles assis ! C'est la faute irréparable du Créateur qui a cru bien faire en créant deux sexes distincts alors qu'un seul suffisait largement ! Relisez attentivement la Bible, vous verrez que si Adam et Ève étaient restés du même sexe avec une pomme chacun, le serpent aurait pu aller se rhabiller, le monde n'aurait jamais connu le péché et la femme n'aurait jamais enfanté dans la douleur.

– Mais… c'est contraire à tout ce qu'enseignent les religions et, surtout, la biologie ! s'exclama Cédric.

– Évidemment ! Les croyants n'ont pas intérêt à ce qu'on apprenne que Dieu s'est trompé ! Quant à la Science, elle est depuis toujours noyautée par les hétéros. Quand un savant homo tente de dire la vérité, on le brûle ou on lui coupe les bourses…

– Quoi ?! s'écria Cédric horrifié.

– … universitaires, précisa le marquis d'un air pincé.

– Ouah ! C'est plutôt décoiffant comme idée ! admit Mona. Tout le monde aurait été du même sexe à la base, avant que Dieu ne s'emmêle les pinceaux en créant la différence ! J'avoue que c'est énorme, votre truc là, marquis !

– Qu'est-ce que vous croyez, mademoiselle ? Nous avons affaire au plus énorme des plus grands mystères de notre temps ! Et c'est d'ailleurs pour ça que le Vatican essaie de faire diversion en mettant le monde entier sur de fausses pistes.

– Le Vatican ? Comment ça, marquis ? demandèrent les deux jeunes gens, de plus en plus abasourdis.

Richard de Longueville se leva lentement de son fauteuil et se dirigea vers sa bibliothèque d'où il tira un épais livre d'art. Tout en regagnant sa place au coin du feu, il ouvrit le volume du bout des doigts et le tendit à Cédric et Mona.

– Ça vous dit quelque chose ?

– Évidemment ! Vous nous prenez pour qui ? On a vu le film avec Tom Hanks et Audrey Tautou ! répondit aussitôt Mona. C'est la fameuse *Cène* de Léonard de Vinci.

– C'est une fresque qui représente le dernier repas de Jésus avec ses douze apôtres, continua Cédric. En lisant le bouquin de Dan Brown[1], on apprend qu'en fait le personnage à gauche du Christ n'est pas l'apôtre Jean, mais Marie Madeleine, reconnaissable à ses longs cheveux plats et à ses doigts croisés. On découvre aussi qu'elle a une *love affair* secrète avec Jésus et qu'elle...

– Ça suffit, c'est parfait, bravo ! l'interrompit le marquis. Je vois que vous avez admis, sans broncher, la leçon que voulait vous faire avaler la Curie romaine !

– Le Vatican ?! Mais ils ont hurlé au scandale quand le bouquin est sorti, fit remarquer Cédric.

– Justement ! Ça faisait partie de l'opération d'intox et de diversion. Vous ignorez visiblement que Dan Brown est un archevêque espion ! Pendant qu'on polémiquait sur les interprétations bidons du tableau, on tenait la Vérité soigneusement cachée.

– La Vérité ? Mais quelle vérité ?! s'exclama Mona.

– Regardez bien l'apôtre barbu situé à gauche de Marie Madeleine. Il s'agit de Pierre.

– Il est en train de passer sa main devant la gorge de Marie Madeleine, remarqua Mona.

– Comme s'il voulait cacher quelque chose au spectateur ! poursuivit Cédric de plus en plus interloqué.

– Hé, hé ! gloussa le marquis. Pas mal, pour des candides. Et d'après vous, que veut-il cacher à Léonard, et à nous par la même occasion ?

1. En 2005, le *Da Vinci Code* de Dan Brown (Éditions Lattès) a été sacré par *Livres Hebdo* : « Plus grand mystère éditorial de notre temps ».

– La… ! ? Non, ce n'est pas possible ?! s'exclama Mona sans pouvoir terminer sa phrase.

– Mais si, vous y êtes ! Ce que Pierre veut nous cacher, c'est bel et bien la pomme d'Adam de Marie Madeleine qui est en fait… un homme !

– Incroyable ! s'écria Cédric.

– Tu es fier de toi, j'espère ? demanda Glandon au marquis. Tu imagines le nombre de lecteurs qui vont maintenant appeler le Père Marco Martella au couvent dominicain de Sainte-Marie-des-Grâces à Milan (métro Stazione Centrale) au 00.39.02.89.42.11.46, pour demander à voir le tableau de Vinci et vérifier si la pomme d'Adam de Marie Madeleine est bien cachée par la main de Pierre !

– Et alors ? répondit sans sourciller le marquis. Ils doivent avoir l'habitude au couvent. Des cars entiers de touristes s'y sont déjà précipités pour vérifier que l'apôtre Jean est une femme, que le pain n'est pas rompu, qu'il n'y a rien à boire, qu'il manque des rideaux aux fenêtres, que tous les couverts ont été volés par Judas, qu'il existe un bras de trop, qu'il y a un poignard qui dépasse de la table, que si l'on applique la loi du nombre d'or (PHI = 1,618) à la largeur du tableau, et que l'on trace une ligne diagonale à l'emplacement indiqué par ce calcul, on s'aperçoit que le carré de l'hypoténuse de la table est égale à la somme des carrés des deux côtés du triangle formé par la nappe, la jupe de Mathieu et la fausse barbe de Thomas.

– En parlant de barbe, dit Charlus avec résignation, tu ne leur as pas tout dit…

– J'allais y venir, mon cher ! rétorqua le marquis en jubilant de plus belle. Faites l'expérience suivante : ajoutez mentalement une casquette, un bandana et une barbe de trois jours à l'apôtre Jean qui se fait passer pour Marie Madeleine et vous verrez que vous obtiendrez une petite caillera* tout à fait comestible…

– Bon sang, mais c'est vrai ! confirma Mona après avoir tenté l'expérience. On dirait Eminem !

– Mais pourquoi, tonton Glandon ? Pourquoi Vinci laisse-t-il faire ça ?

– Que veux-tu dire, Cédric ? Vinci ne peut tout de même pas être tenu pour responsable des niaiseries qui sont écrites à son sujet !

– Je ne parle pas de ça. Je me demande seulement pourquoi son œuvre est aussi pleine de messages mystérieux…

– Léonard de Vinci ne « laisse pas faire » comme vous dites, jeune homme, l'interrompit le marquis. Léonard savait !

– Et que savait-il au juste ?

– Qu'avant la Gaffe Originelle, nous étions tous du même sexe, narcissiques, immatures, hédonistes, individualistes, rétifs à l'autorité… Bref, parfaitement heureux entre nous, gais et fiers de l'être ! Que l'homosexualité est originelle et que l'hétérosexualité est une déviance. Que les *drag queens* d'aujourd'hui sont une réminiscence de cette époque d'avant la différence des sexes, une résurgence des premières créatures parfaites !

– Ce sont, en effet, les thèses de l'Oups Dei, le coupa Glandon, légèrement vexé que le marquis lui ait encore volé la vedette. Mais elles ne reposent sur rien d'autre que sur des interprétations…

– Tiens ! Revoilà « Charlus le tiède » ! ironisa le marquis. Ou peut-être devrais-je plutôt dire : « Charlus la honteuse » ?

– Tu ne vas pas recommencer avec ça, Richard ! J'ai tout de même le droit de ne pas vouloir faire de mon orientation sexuelle un modèle !

– La vérité, c'est que tu refuses de choisir le camp qu'exige ta condition !

– Ma condition, c'est la condition humaine. Mon camp, c'est celui des vieux célibataires qui prennent du poids. C'est déjà assez compliqué !

– Il ne tient qu'à toi de suivre la Voie. Tu la connais aussi bien que moi…

– De quelle « voie » veux-tu parler, Richard ? De la Vieille Tente ? Ce ne sont que des divagations plus ou moins occultes.

– Tu oublies le Grand Piquet…, fit sèchement remarquer le marquis.

– Le Grand Piquet ? demandèrent ensemble Cédric et Mona.

– Parfaitement, le Grand Piquet ! répéta Richard de Longueville en lançant un regard de défi à Charlus.

Ce dernier soupira, avala une gorgée d'armagnac et s'éclaircit la voix avant de lâcher, comme à contrecœur :

– Richard veut parler de la légende qui dit que si quelqu'un met la main sur le Grand Piquet, il aura la preuve du secret de la Vieille Tente…

Chapitre 32

Guazzinella se gara à quelques centaines de mètres du château de Longueville et sortit une paire de jumelles de la boîte à gants de sa Clio. Profitant du clair de lune, elle scruta les abords du parc à la recherche de la porte dérobée que le Maître lui avait demandé de trouver. Malgré quelques minutes d'intense concentration, elle dut se rendre à l'évidence : l'entrée secrète était invisible. Se pouvait-il que le Maître se fût trompé dans ses indications au téléphone ? *L'erreur est singulière, mais la vérité est plurielle,* lui avait-il dit un jour. Sur le moment, Guazzy n'avait pas entièrement saisi le sens de ces paroles mais, après tant d'années, elle commençait enfin à comprendre ce que le Maître avait voulu dire : il existe plusieurs vérités. *Donc plusieurs portes ? Mais où étaient-elles ? Et laquelle choisir ?* Après avoir hésité quelques instants en scrutant désespérément le vieux mur d'enceinte du château couvert de lierre, Guazzinella se résigna à composer le numéro de téléphone du Maître.

Contrairement à son habitude, celui-ci ne décrocha pas immédiatement. *Il est occupé,* pensa Guazzinella. *Peut-être est-il aux toilettes ?* Au bout de quatre sonneries, une voix familière, suave et grave, finit par se faire entendre.

– Allô ?

– Maître ? C'est moi. Vous pouvez parler ?

– Oui, mais rapidement, je suis occupé !

– Je m'en doutais, Maître. Je parie que vous êtes aux toilettes…

– Qu'est-ce que tu racontes ? Que veux-tu ? Tu as fait ce que je t'ai dit ?

– Oui, Maître. Je suis tout près du château, mais j'ai beau chercher, je ne vois pas de porte. Comme la vérité est plurielle, j'en déduis qu'il y en a plusieurs. Mais du coup, je ne sais pas laquelle choisir…

– Comment ça, laquelle choisir ? Il n'y en a qu'une, mais elle est dissimulée par les feuillages. Approche-toi du mur d'enceinte nord, suis-le et tu la trouveras forcément.

– Vous voulez dire que la porte est singulière et que c'est le mur qui est pluriel ?

– Tais-toi, abrutie ! Fais ce que je t'ai dit : pénètre dans le château et prends tout le monde en otage. Mais surtout, ne fais de mal à personne ! Tu as bien entendu : à personne ! C'est clair ?

– Oui, Maître.

– Très bien. Maintenant, il faut que je te laisse. J'ai quelque chose à terminer…

– N'en dites pas plus, Maître. J'ai compris l'allusion. Excusez-moi de vous avoir dérangé, je ne pouvais pas deviner que vous étiez aux…

Après quelques claquements de langue humides, le Maître raccrocha et Guazzinella se mit en marche en direction du château. En trébuchant sur les branchages qui encombraient le mauvais chemin qu'elle parcourait, elle se félicita de s'être munie d'une pelle qui pourrait toujours lui servir plus tard. Elle était sur le point de sortir du sous-bois lorsqu'elle remarqua, à une dizaine de mètres sur sa gauche, deux silhouettes qui longeaient l'épaisse enceinte. Basses et trapues, les deux formes humaines avançaient lentement, chacune d'elles promenant le faisceau lumineux d'une lampe de poche sur le mur de la propriété. *La porte ! Eux aussi, ils cherchent la porte !* comprit aussitôt Guazzy. Elle s'accroupit discrètement dans un buisson et observa la progression des deux ombres.

– Le salaud ! Il nous a bien eus ! dit la brigadière-chef Lucienne Bourdette en grinçant sinistrement des dents dans la nuit.

– Qu'est-ce que tu veux dire ? demanda le brigadier Godefroid Vautrin sans cesser d'explorer la muraille de sa lampe de poche.

– Ne me dis pas que tu n'as pas compris la manœuvre ! ? Si le commissaire nous a envoyés ici à la recherche d'une issue, c'est pour être sûr de ne pas se faire piquer la vedette lors de l'arrestation de Glandon !

– Tu crois ?

– Évidemment ! Souviens-toi de l'affaire des doubles rideaux[1]. C'est nous qui arrêtons Glandon à son domicile et c'est lui qui obtient le portrait de la semaine dans *7 à 8* !

– Bon sang, tu as raison ! Le fumier ! Qu'est-ce qu'on fait ?

– On escalade ce foutu mur sans chercher de putain d'autre issue, on serre tout le monde là-dedans ! Et on lui coupe l'herbe sous le pied, au vieux !

Tout en frémissant intérieurement d'admiration et de crainte devant la force de caractère de sa brigadière-chef, Vautrin leva les yeux vers le sommet du mur,

1. Voir notes p. 61, 81, 99, 110 et 124.

évaluant d'un œil averti la difficulté de l'escalade. Au sein de « Get Out Paris », il avait déjà participé à des actions musclées où la dimension physique primait toujours sur la réflexion et le dialogue. « *Quand nous aurons exterminé l'intolérance, alors nous pourrons causer* », proclamaient d'ailleurs les T-shirts en vente au QG parisien de l'association. C'était ainsi depuis toujours, le combat pour le *outing* total nécessitait souvent de se salir les mains. Avec sa brigadière-chef et d'autres militants encagoulés, ils s'étaient ainsi un jour enchaînés aux plantes vertes de la CNIL[1] afin que soit publiée la liste de tous ceux qui louent des cassettes gays et lesbiennes en vidéo club.

Une autre fois, ils avaient aspergé de peinture rose le scooter du député Jean-Luc Roméro qui refusait de déposer un projet de loi prévoyant la mention de l'orientation sexuelle sur la carte nationale d'identité.

Oui, elle et lui, ils en avaient mené des combats, remporté des victoires, essuyé des défaites, mais jamais, non jamais, ils n'avaient douté que leur engagement fût juste. Ils en étaient certains : tant que le dernier homosexuel n'aurait pas été dévoilé publiquement, tous les autres seraient persécutés.

À l'issue de son examen de la paroi, Vautrin jugea l'ascension tout à fait réalisable.

– Je passe devant si tu veux, proposa-t-il à Bourdette. J'ai repéré quelques prises faciles…

– OK, vas-y ! Je te couvre. Mais bouge-toi parce que Fichet-Bauche va finir par arriver avant nous auprès de Glandon.

1. Commission Nationale Informatique et Libertés.

Jugulaire sous pression, mâchoires serrées, sourcils froncés, Vautrin commença à escalader le mur en prenant appui sur une souche de tilleul qui fit office de premier marchepied. Il retrouva ensuite facilement les prises qu'il avait repérées depuis le sol et s'éleva le long de la paroi avec toute la souplesse qu'autorisaient sa corpulence et ses petits membres. Il était parvenu à quelques dizaines de centimètres du sommet du mur lorsqu'il entendit derrière lui un craquement sec, comme celui que produit une flexion brutale de la tête vers l'avant puis vers l'arrière assortie d'une rotation cranio-cervicale dans l'axe spinodorsal.

Parcouru des pieds à la tête par un frisson de terreur, il faillit lâcher prise. Le front posé sur le lierre du mur plusieurs fois centenaire, il attendit que son sang se calme dans ses tempes.

Après quelques secondes d'un silence à peine troublé par le bruit d'un corps qu'on traîne dans les feuilles mortes, il entendit sa propre voix, étranglée par l'angoisse, demander dans la nuit finissante :

– Qui est là ? C'est toi, Bourdette ?

Mais seul le silence, à peine troublé par le bruit d'une pelle qui creuse un trou, lui répondit. Alors Vautrin, le cœur étreint par un sombre pressentiment, se résolut à l'inévitable et commença, infiniment lentement, à se retourner. Ce qu'il découvrit le laissa muet de stupeur.

À quelques mètres de lui, une gigantesque créature était en train de creuser un trou de forme rectangulaire. *Comme si elle le destinait à recevoir un corps humain !* Il avala sa salive en silence et entreprit de détailler la forme humaine immense qui, indifférente à sa présence, continuait son labeur régulier. En découvrant les pieds de l'inconnue, chaussés de Pataugas à semelle extra-compensée, Vautrin comprit immédiatement. *Des* platform boots *de trek ! Ce n'est qu'une* drag queen *qui cherche des champignons...* Presque rassuré, il se rendit compte pourtant aussitôt que quelque chose clochait. Jamais il n'avait rencontré de *drag queens* se promenant à la campagne et cherchant des bolets aussi profond. De plus, celle qui creusait à quelques mètres de lui était grande et robuste, comme toutes ses congénères, mais elle était beaucoup plus haute, plus carrée, plus imposante que toutes celles qu'il avait jamais vues. Et surtout, il y avait ce visage terrifiant. Sous un chignon à peine retenu par un bandeau en éponge, son front luisait de sueur dans les premières lueurs de l'aube. La bouche, immense, aux lèvres anormalement pulpeuses, brillait dans la lumière blafarde. *Du gloss « liquid diamond » ! Une* drag queen *tueuse ! comprit-il enfin. Elle a tué Bourdette, et maintenant ce sera mon tour.* Lâchant prise sous l'effet de la terreur, il tomba au pied du mur dans l'herbe humide de rosée.

– Ah, te voilà, toi ! dit Guazzinella sans lever les yeux de son travail. Ne bouge pas et tout ira bien.

– Vous... vous allez m'épargner ? réussit à articuler Vautrin, assis par terre au pied du mur.

– Tout ce que je peux t'épargner, c'est une course-poursuite dans les bois si tu restes sagement là où tu es en attendant que j'en aie terminé avec ta copine.

– Mais... pourquoi ? Pourquoi nous tuer ?

– Ne demande pas à l'aveugle assis sous l'arbre en fleur, le chemin de l'automne..., répondit Guazzinella en s'essuyant le front avec la manche de sa veste en polaire.

– Je ne... Heu, qu'est-ce que tu entends par là exactement ? balbutia Vautrin.

– C'est une image. Mon Maître m'a appris à utiliser la sagesse infinie des images pour répondre aux étrangers qui posent trop de questions.

– Et c'est pour obéir à ton Maître que tu dois nous tuer ?

– Le chien mouillé ne mord pas le bâton qui le nourrit…

– Mais qui est-il, ce bâton, enfin… ce Maître ? Tu peux me le dire, puisque je vais mourir bientôt.

– Je l'ignore, je n'ai jamais vu son visage. Le brouillard a-t-il jamais empêché le fleuve de couler ?

– Peut-être… Je ne sais pas trop… Si je comprends bien, tu as tué ma collègue Bourdette pour exécuter l'ordre d'un Maître que tu n'as jamais vu ? Et le conservateur du MATH ? C'est toi aussi qui l'as buté cette nuit, n'est-ce pas ?

– Bon, écoute, j'ai du boulot là. Alors je te balance tout : j'ai aussi assassiné les conservateurs du musée des Arts décoratifs[1], du musée de la Coiffure de Sainte-Vertu dans l'Yonne et du musée national d'Histoire et d'Art. Maintenant, laisse-moi creuser ta tombe.

– Mais pourquoi ? Pourquoi tous ces morts, toutes ces vies sacrifiées ? Ne sais-tu pas qu'un vieillard qui meurt, c'est une bibliothèque qui brûle ?

– Tu veux dire que mes assassinats contribuent au réchauffement climatique ?

– Heu, non… Pourquoi ?

– Une bibliothèque qui brûle, ça fait des livres, donc des arbres en moins…

– Oui, en quelque sorte…

– Et ça fait aussi des tonnes de $C0_2$ relâchées dans l'atmosphère…, sembla soudain réaliser Guazzinella.

– Allons, allons… N'exagérons rien. C'est une image…

1. Voir notes p. 61, 81, 99, 110, 124 et 184.

– Tu veux dire que tu ne crois pas au réchauffement climatique ? Tu n'as pas vu *La marche de l'empereur* ?

– Si. Mais je voulais surtout parler des vieillards qu'on assassine…

– Tu préfères penser aux vieillards morts plutôt qu'aux générations futures ? !

– Je n'ai pas dit ça. Je voulais utiliser une métaphore pour montrer qu'il faut respecter la vie humaine car elle est aussi précieuse qu'une bibliothèque.

– Mais la planète aussi, il faut la respecter, non ?

– Si. Donc il ne faut pas faire brûler les bibliothèques, tenta Vautrin.

– Car si les bibliothèques brûlent, c'est comme si on assassinait des vieillards, c'est ça ?

– C'est ça. Enfin, non. En tout cas, l'idée, c'est qu'il ne faut assassiner personne.

– À cause du réchauffement ?

– Non, à cause du respect de la vie humaine.

– Tu ne crois pas que le réchauffement puisse mettre en danger la vie humaine ?

– Si, bien sûr. Mais, dans l'ordre, le plus important, ce sont les vieillards qu'on assassine.

– Mais les vieillards, ils ne brûlent pas ?

– Tais-toi, espèce d'abrutie. Tue-moi et qu'on en finisse !

Chapitre 33

Glandon, Cédric et Mona s'étaient assoupis lorsque le marquis de Longueville revint auprès d'eux dans le grand salon de réception. Avant de les tirer de leur torpeur, il prit le temps de les regarder dormir. Il commença à caresser des yeux le corps alangui de Mona, laissant son regard s'attarder sur sa poitrine, jeune mais pleine et ferme, dont les pointes, dressées sous l'effet d'un courant d'air ou d'un rêve inavouable, montaient et descendaient en cadence, au rythme de sa respiration, légèrement haletante. Les lèvres de la jeune vierge étaient roses et rebondies, luisantes de promesses humides et chaudes. Sa belle main gauche, à peine repliée, reposait dans l'intimité de son entrecuisse tiède et moite. Au creux de ses jambes ouvertes, sous sa jupe qui s'était inexplicablement soulevée pendant son sommeil, un triangle obscur se laissait entrevoir sous un mince voile de guipure que l'on devinait irrésistiblement doux au toucher. Une fois débarrassé du quota d'érotisme hétéro et lesbien exigé par l'éditeur, le marquis se hâta de réveiller ses hôtes en tapant dans ses mains.

– Allons, allons ! Nous avons du pain sur la planche ! Ce n'est pas le moment de dormir !

– Richard ? marmonna Glandon en émergeant d'un sommeil sans rêves. Où étais-tu passé ?

– Je vous l'ai dit, aux toilettes… En revenant, j'ai eu un coup de fil.

– Un coup de fil ? À cette heure-ci ?

– Un faux numéro… Peu importe. Avant de m'absenter, je disais donc que le Grand Piquet nous mènera au secret de la Vieille Tente !

– Peut-être, remarqua Cédric en s'étirant, mais cela ne nous dit pas comment échapper à la police.

– Tout est lié, jeune homme, lui rétorqua le marquis. Si nous trouvons le secret, nous serons bien plus puissants que toutes les polices du monde…

– « Nous » ? interrogea Charlus Glandon. Tu ne veux quand même pas mêler Cédric et Mona à tes histoires de Vieille Tente ?

– Tu oublies que ton neveu est le fils d'un des membres de la société secrète et que son amie est poursuivie par la police pour complicité d'assassinat. Quant à toi, Richard, tu es le suspect numéro un d'un crime particulièrement horrible… Nous sommes donc tous solidaires désormais. Alors ne perdons pas de temps, il nous reste encore un indice à étudier : le mystérieux texte recopié par Vaugoubert avant de disparaître. Le *Darla Dirladada…* Où est-il ?

– Pas la peine de le lire, dit Mona. Je le connais par cœur. Mais je n'en ai jamais compris le sens…

– J'avoue que moi non plus, confia le marquis. Et ce n'est pourtant pas faute d'avoir entendu souvent cette chanson dans ma jeunesse. Mais quelle signification une intelligence humaine pourrait-elle donner à des vers comme : « *Court le furet, file la vague. Je vivrai dans un monde d'algues* » ?

– Et que dire de strophes comme : « *Tu pourras*

avoir des voitures, comme dans les livres d'aventures » *!* soupira Cédric.

– Ou encore : « *Adieu, monsieur, j'avais du cœur, elle a deux champs et un tracteur* », compléta Mona.

– C'est parce que nous n'avions pas la clé, dit Glandon en se servant un fond d'armagnac.

– La clé ?! Quelle clé ? demandèrent en même temps ses trois auditeurs, presque aussi ébahis que si Glandon leur avait annoncé brutalement qu'il arrêtait l'alcool.

– La clé que Vaugoubert nous a laissée avant de mourir…

– Le bandana noué pour nous indiquer qu'il est mort assassiné, la casquette pour 1968, année de la création de *Comme un garçon* par Sylvie. Le débardeur marin pour nous mettre sur la piste de Pierre et Gilles, donc de Vinci, donc de la Vieille Tente…, commença à énumérer Mona.

– Et le pantalon du NYPD ? interrogea Cédric.

– La date de la fondation de New York par Peter Stuyvesant : 1625.

– Et les *chaps* de cowboy ? demanda le marquis avec une moue dubitative.

– Attention au piège grossier ! avertit Glandon, un doigt en l'air. C'est bien entendu « Chaps » comme CHolamidopropyl-diméthyl Ammonio-Propane-Sulfonate !

– Et c'est quoi, cette chose, monsieur Je-sais-tout ? interrogea Richard de Longueville en plissant le nez pour marquer sa défiance.

– C'est un composé chimique utilisé en protéomique structurale pour le séquençage des génomes par résonance magnétique nucléaire. J'y reviendrai…

– Bon, admettons…, concéda Cédric. Alors, il ne nous reste plus qu'à interpréter les baskets rose bonbon.

– Élémentaire : ce sont les baskets roses d'Elton John. Donc 1976, année de son *coming out.*

– Une vraie leçon de courage pour toutes les honteuses ! ne put s'empêcher de souligner Richard de Longueville, visiblement agacé par le brillant décodage de Charlus Glandon.

– Génial ! Mais que va-t-on faire de toutes ces données, tonton Glandon ? demanda Cédric, ébloui.

– Nous allons nous contenter de les combiner selon un séquençage qui va nous livrer la clé du Darla Dirladada Code !

– … Et nous conduira au Grand Piquet ! s'exclama Mona.

– Un séquençage ? Voyez-vous ça ? Décidément, Monsieur le Professeur ne recule devant rien pour se faire mousser, lâcha le marquis en regardant discrètement sa montre et en scrutant, à travers les vastes fenêtres du salon, l'aube naissante.

Dissimulée derrière les massifs de buis qui formaient une manière de balcon végétal sous les fenêtres du salon, Guazzinella observait l'intérieur du château. Le salon du rez-de-chaussée était brillamment éclairé et scintillait dans les premières lueurs blafardes du jour levant.

De son poste d'observation, Guazzy pouvait distinguer deux hommes d'âge mûr (l'un des deux devait être le marquis propriétaire des lieux. Mais lequel ?). Elle distinguait également deux jeunes gens, dont une fille au sourire énigmatique qu'il lui sembla avoir déjà vue quelque part.

Trois des personnages semblaient interroger le quatrième, assis dans un fauteuil et qui sirotait un alcool fort d'un air satisfait.

Qui pouvait bien être cet homme mûr, au large front de penseur et aux cheveux blancs coiffés en arrière ? Il lui sembla reconnaître un intellectuel médiatique : Max Gallo ? Guillaume Durand ? Alain Finkielkraut ? Charlus Glandon ? Si c'était ce dernier qui était en train de pérorer, il avait sacrément forci des bajoues.

Elle décida de s'approcher des fenêtres, profitant de l'écran idéal que formaient les verts massifs odorants parfaitement taillés.

Quand elle fut assez proche, elle entendit l'intellectuel connu dire qu'il s'agissait de combiner des données pour obtenir la clé du Darla Dirladada Code et qu'ensuite on trouverait le Grand Piquet.

Puis elle vit l'autre homme d'âge mûr, visiblement contrarié, regarder sa montre et fixer d'un regard glacial l'endroit où elle se trouvait. *Se pouvait-il qu'il voie à travers le buis ?* Par prudence, elle se baissa encore un peu et choisit de rester cachée jusqu'à ce qu'ils aient fini le décodage. Ensuite, elle suivrait les instructions du Maître. *Surtout pas de blessés,* avait-il répété.

Glandon reprit la parole sur un ton plus grave.

– J'ai bien réfléchi… Je crois avoir trouvé une façon simple pour vous expliquer comment nous allons décoder la chanson la plus hermétique de tous les temps. Vous savez tous ici ce qu'est un gène, n'est-ce pas ?

– Évidemment ! répondit le marquis. C'est une section de l'ADN. L'homme possède entre 25 000 et 40 000 gènes. La séquence des constituants du gène peut être comparée à une phrase qui dit comment telle protéine doit être fabriquée. Chaque gène est un plan de construction des protéines de l'individu. Notamment le gène xQ28, découvert par Dean Hamer, qui prouve que l'homosexualité est génétique…

– Quoi ?! s'exclama Cédric. Il existe un gène qui

rend gay et on m'a laissé espérer qu'à force de volonté je pourrais devenir un ex-*straight* un jour !

– Eh là, pas si vite ! L'origine génétique est sévèrement et quasi unanimement remise en cause, rectifia Charlus. Mais cela nous éloigne de notre sujet. Comme vient de le rappeler notre ami Richard, le gène donne le plan. Si nous réussissons à extraire le code génétique de *Darla Dirlalada,* nous aurons le plan !

– Tu te prends pour qui ? interrompit à nouveau le marquis. Cela fait des millénaires que tout le monde cherche ce plan !

– Peut-être, reprit Glandon, mais l'humanité qui nous a précédés n'avait pas les clés que nous a laissées Gédéon de Vaugoubert : 1968 – 1625 – 1976.

– Tu... tu crois vraiment que mon père était le Gardien de la Vieille Tente ? demanda Cédric dont le menton s'était mis à trembler.

– Moi, j'en mettrais ma tête à couper, jeune homme, répondit le marquis en passant une main sur le devant de son cou, déjà bleui par une barbe naissante.

– Bon, par où on commence ? demanda Mona.

– On définit une fonction sub qui modélise une opération de permutation des lettres, proposa Glandon. Il faut d'abord définir sub(a,b) avec a et b appartenant à l'alphabet et sub(a,a) = 0, sub(a,b) = 1 et sub (a,-) = sub (-,a) = 1.

– Mais alors, dans ton algorithme, monsieur le grand savant, n gaps d'affilée vont avoir une probabilité de permutation de n*p fois l'occurrence rémanente par gap ! fit remarquer le marquis.

– Eh ben ! dit Mona à voix basse... Si jusque-là, j'avais suivi, j'avoue que là, je ne comprends plus rien !

– Ne t'inquiète pas, lui souffla Cédric à l'oreille. Dans ce genre d'histoire, il y a toujours un passage abstrus pour crédibiliser le raisonnement. Il suffit d'attendre que ça se passe. Ce qui compte, c'est ce qui vient juste après…

De leur côté, Charlus et Richard poursuivaient leur discussion passionnée.

– L'algorithme est dynamique ! s'enthousiasmait Glandon. Il suffit de construire une matrice T décrivant la distance lexicale entre les deux chaînes x et y. Tu vois bien que T est à deux dimensions (m+1 lignes, n+1 colonnes) et que T(i,j) = {T(i-1,j-1)+sub(xi,yj) !

– Mouais… concéda mollement Richard de Longueville. N'empêche qu'en optimalisant l'inégalité linéaire entre un nombre fini d'invariants *via* une approche géométrique, on pourrait former toutes les valeurs de mots prises par ces invariants.

– Dois-je te rappeler que l'enveloppe convexe d'expressions du type *« adieu, monsieur, tout est fini » ou « elle a deux champs et un tracteur »*, va nous livrer un polytope sémantique ?

– Et alors ? demanda le marquis qui commençait à entrevoir une lueur de solution.

– Et alors, j'ai justement développé un petit programme informatique qui produit automatiquement des données de décodage pour un nombre de rimes pas trop élevé.

– Un petit programme ! Voyez-vous ça… dit le marquis, en cachant tant bien que mal l'excitation qui l'avait saisi.

Cédric se pencha à nouveau vers Mona et lui glissa à voix basse :

– Tu vois, Mona, il suffisait d'attendre ! Charlus a justement un programme de décryptage…

En lui murmurant ces mots, il s'était approché d'elle comme jamais encore auparavant. Derrière les effluves de « Mâle » dont elle avait dû s'asperger pour ne pas incommoder le marquis, Cédric percevait la fragrance sensuelle et poivrée de ses magnifiques cheveux piqués de langues de feu. Il en fut chaviré jusqu'au plus profond de l'âme. Oui, il le sentait, c'était bien d'une rencontre d'âme à âme qu'il s'agissait. Et, l'espace d'un instant, il comprit que le sexe de la jeune fille n'avait aucune importance puisque, au-delà de son enveloppe corporelle, c'était son être tout entier qu'il aimait. Bien sûr, en s'unissant charnellement, ils se plieraient tous deux à leur nature primitive de mâle et de femelle. Et alors ? Qui pouvait juger leur amour et au nom de quoi ?

Il posa timidement sa main sur celle de Mona qui ne retira pas la sienne. Glandon remarqua le geste de son neveu en direction de la jeune fille. Quoique innocente et spontanée, cette manifestation publique de l'hétérosexualité de Cédric le mit mal à l'aise.

Quel hypocrite tu fais, mon vieux Glandon ! s'apostropha-t-il lui-même mentalement. *Toujours prêt à prêcher la tolérance, le droit à la différence, à signer les pétitions des* Inrocks... *Mais dès que tu as sous les yeux les gestes d'un amour que tu ne comprends pas, te voilà aussi embarrassé que si tu devais expliquer pourquoi tu aimes Nolwenn Leroy.*

Glandon chassa brusquement cette idée intolérable, se racla la gorge et reprit la parole.

– Bien ! Que diriez-vous si nous rentrions dans ma machine les paroles de *Darla Dirladada* et les trois clés chiffrées laissées par Vaugoubert ?

– On allait te le demander..., répondit vivement Richard de Longueville qui n'avait pu réprimer un sursaut de surprise et de répulsion en découvrant que l'index de Cédric, dressé et tendu à l'extrême, venait de pénétrer l'interstice situé entre le médium et l'annulaire de Mona. La main du jeune homme et celle de la jeune fille s'interpénétraient maintenant fougueusement, se nouant et se dénouant lascivement sur son canapé.

Une brise matinale, fraîche et tourbillonnante, s'était levée dans le jardin anglo-toscan du château de Longueville, agitant les topiaires de buis et d'ifs et gonflant le sweat-shirt en polaire de Guazzinella. Ses jambes étaient engourdies, ses trop hautes chaussures de randonnée étaient crottées et son chignon, malmené par les brusques rafales, semblait sur le point de s'affaisser sur son bandeau en éponge. De son poste d'observation, elle n'avait pu saisir l'ensemble des propos tenus, mais elle pouvait jurer avoir entendu prononcer les mots : ADN, théorie génétique, permutation, algorythme, polytope, Grand Piquet… *Le Maître avait raison : ils sont bien sur la piste du Grand Piquet !*

Elle se remémora encore une fois les étranges consignes qu'Il lui avait données au téléphone :

Au château de Longueville,
Entre et sois bonne fille
Quand cachette du Grand Piquet aura récupéré
Repars sans faire blessés

Guazzy n'avait pas eu la présence d'esprit de demander au Maître pourquoi il avait supprimé tous les articles et les pronoms personnels dans ses instructions.

De sa cachette, elle vit les deux hommes d'âge mûr se lever ensemble, bientôt suivis par les deux jeunes gens qui semblaient se tenir la main. Tous se dirigèrent vers la porte à double battant et sortirent du salon.

Quand ils eurent disparu dans le long corridor, Guazzy put enfin se redresser. Elle progressa silencieusement jusqu'à l'immense porte-fenêtre qui, du salon d'apparat désormais vide, donnait accès au jardin. Après l'avoir ouverte sans difficulté, elle pénétra dans la douce chaleur du château. Alors qu'elle s'étirait encore devant les braises d'un feu mourant, des cris lui parvinrent. Ils provenaient indubitablement de l'intérieur du château, mais elle fut incapable de dire s'ils étaient de surprise ou de terreur.

Chapitre 34

Debout devant l'entrée de la propriété du marquis de Longueville, le commissaire Fichet-Bauche sortit à nouveau son téléphone portable de sa poche et constata une fois encore que celui-ci captait bien le réseau.

Mais alors, pourquoi Bourdette et Vautrin ne se manifestent-ils pas ?

Avec l'aube, une aigre brise s'était levée, piquant ses yeux las et gonflant sa gabardine. Le commissaire regretta d'avoir mis un chapeau qu'il devait sans cesse réajuster sur son front pour éviter qu'il ne décolle.

Bon sang, mais qu'est-ce qu'ils foutent ? Je ne peux quand même pas les appeler, s'ils sont en planque dans le château, je vais les faire repérer… Mais ils auraient déjà dû boucler tout le monde là-dedans et venir me chercher pour les photos. D'où me vient ce sombre pressentiment ? se demanda-t-il en frissonnant.

– Quelque chose qui ne va pas, commissaire ? Un sombre pressentiment ?

Fichet-Bauche sursauta et pivota sur lui-même. Guimard se tenait derrière lui, le considérant gravement de son stupide et placide regard.

– Ah, c'est vous, Guimard… Qu'est-ce que vous faites là ? Je croyais que vous surveilliez les abords de la propriété… J'attends le signal de Bourdette et Vautrin pour pénétrer dans le château et boucler cette affaire.

– Justement, commissaire…

– Justement quoi ?

– Bourdette et Vautrin…

– Quoi, Bourdette et Vautrin ?

– Ils sont morts et enterrés, commissaire…

Fichet-Bauche resta interdit de longues secondes, comme pétrifié par ce qu'il venait d'entendre. *De deux choses l'une : soit ce crétin raconte n'importe quoi pour se foutre de moi, soit ce qu'il dit est vrai et je vais devoir appeler le GIGN et le ministre de l'Intérieur. Dans les deux cas, des contrariétés…*

– Ça va aller commissaire ? Voulez-vous tout de suite appeler le GIGN et le ministre de l'Intérieur ?

– Ça suffit maintenant, Guimard ! Dites-moi immédiatement ce que vous savez !

Chapitre 35

Dans le cabinet de travail du marquis de Longueville, seul Charlus Glandon était assis. Légèrement voûté, comme sous le poids d'une immense responsabilité, il tapotait sur un ordinateur portable, posé à même une table au piétement Directoire et au plateau en marqueterie fine andalouse. Debout derrière lui, Richard de Longueville, Cédric et Mona le regardaient anxieusement saisir mot à mot les paroles du Darla Dirladada Code. Si ce qu'il avait affirmé était exact, dans quelques secondes le programme contenu sur la clé USB de Glandon révélerait l'emplacement du Grand Piquet…

Dans l'air, la tension était palpable. Le marquis, qui s'était discrètement placé entre Cédric et Mona afin d'interrompre leurs ébats manuels, émettait d'étranges bruits de bouche en attendant la fin de la saisie.

– Tu es sûr que tu ne veux pas que je te remplace ? demanda-t-il à Charlus.

– Non merci, Richard. Si je vais lentement, c'est parce que la moindre saisie erronée pourrait bloquer le décodage. Patience, encore un vers…

« *Et j'aurai l'océan pour moi* », lut-il à voix haute.

– Cette fois, ça y est, tonton ! Tout est entré ! Qu'est-ce qu'on fait maintenant ? demanda Cédric.

– On saisit les trois codes 1968, 1625 et 1976 ! Et… on lance le programme !

Charlus pressa la touche « Entrer ». Dans un silence presque surnaturel, le micro-ordinateur du marquis de Longueville se mit à ronronner, d'abord très doucement puis de façon plus audible. Sur la façade avant de l'appareil, une diode luminescente se mit alors à clignoter, témoin muet des titanesques efforts logiques de la machine. À l'écran, un petit sablier tournant invitait à attendre le résultat des recherches…

– Tu es bien sûr que ça n'est pas dangereux pour le disque dur ? demanda le marquis. J'ai eu un mal fou à configurer ma Freebox.

– Ne t'inquiète pas ! le rassura Charlus. De toute façon, c'est bientôt terminé. Regarde : 7, 6, 5, 4, 3, 2, 1, 0 !

Avec un petit bruit de clochette électronique, l'écran de l'ordinateur afficha soudain un rectangle bleuté à l'intérieur duquel une série de mots était inscrit en capitales noires.

En découvrant le message généré par la machine, les quatre amis poussèrent des cris dont personne n'aurait pu dire s'ils étaient de surprise ou de terreur.

Chapitre 36

Guimard expliqua à Fichet-Bauche comment, en effectuant sa ronde aux abords du château, il avait repéré des tombes fraîchement creusées le long du mur nord de la propriété et pris l'initiative de creuser à mains nues la terre encore meuble et humide de rosée. Après avoir découvert avec stupéfaction les corps sans vie de Bourdette et de Vautrin, il était aussitôt revenu prévenir le commissaire.

– Bon, admettons Guimard… Mais en déterrant les corps, vous avez peut-être effacé des indices précieux, comme les empreintes de cette dégoulinure de Glandon, ou la trace de ses chaussures.

– J'ai fait bien attention, commissaire, à ne pas trop bouleverser la scène du crime. Il y a des empreintes de pas énormes autour des tombes. Des traces, presque inhumaines ! Au moins du 54…

– Tout est énorme et inhumain dans cette affaire, Guimard ! Songez qu'il est bientôt 6 heures du matin et que nous ne sommes pas encore couchés…

– Que comptez-vous faire, commissaire ?

– Que voulez-vous que je fasse ? Appeler des renforts et faire réveiller le ministre…

À moins que… Une idée venait de traverser l'esprit de Fichet-Bauche. Un plan, insensé sans doute, mais qui, s'il réussissait à le mener à bien, serait le meilleur coup de toute sa carrière.

– Vous venez d'avoir une meilleure idée, commissaire ? demanda Guimard.

– À part vous et moi, qui est au courant de la mort de Bourdette et Vautrin ?

– Personne encore. Les journalistes sont partis chercher un café ouvert dans les environs...

– Parfait ! Voilà ce que nous allons faire...

Chapitre 37

Dès qu'elle entendit les cris, Guazzinella se précipita à son tour dans le long couloir qu'avaient emprunté les occupants du château et elle déboucha dans le cabinet de travail du marquis. Les quatre personnages qu'elle avait vus et entendus discuter dans le salon étaient tous là, silencieux et immobiles, penchés devant un ordinateur portable allumé.

Sur l'écran, les mots suivants semblaient flotter, comme s'ils arrivaient du fond des âges, des racines même de l'humanité.

Là où s'abreuve Girardon,
Du Piquet suis la direction
L'Égypte et la Chine réunies
Te conduiront au Paradis
Dans les tréfonds du pilier trois
Depuis l'année nonante-trois
La Nature de la découverte
À jamais reste secrète

– Pas un geste !

La voix rauque et enrouée de Guazzinella surprit tout le monde, y compris elle-même. Instinctivement, Charlus referma l'ordinateur et Cédric prit la main de

Mona, laquelle laissa échapper un « oh putain ! » de stupéfaction.

– Excusez-moi… continua Guazzy en s'éclaircissant la voix. J'ai pris froid…

Au bout de ses deux gigantesques mains, dont les faux ongles étaient endeuillés de terre fraîche, elle tenait son petit revolver brillant, cadeau du Maître.

– Donnez-moi cet appareil et il ne vous sera fait aucun mal. Allons ! Donnez-moi ça, vite !

– Dites-nous d'abord qui vous êtes ! exigea Glandon.

– *Pourquoi se jeter à l'eau avant que la barque n'ait chaviré ?* répondit, un peu au hasard, Guazzy.

– Qu'est-ce que ça veut dire ? demanda Cédric, perplexe.

– C'est une maxime de mon Maître.

– Qui est ton Maître ?

– Celui qui m'envoie.

– C'est toi qui as tué Gédéon de Vaugoubert ! continua Glandon. Nous avons retrouvé tes empreintes sur place…

– Ça suffit ! Donnez-moi cet ordinateur ou je désobéis à mon Maître en commettant l'irréparable.

– Viens le chercher ! cria le marquis en arrachant l'appareil des mains de Glandon et en le lançant par la fenêtre du bureau.

Décontenancée, la *drag queen* tueuse hésita sur l'attitude à adopter. Devait-elle punir le marquis en l'assommant ? Foncer tête baissée dans le jardin pour récupérer l'ordinateur et s'enfuir ? Tuer tout le monde ?

« Entre et sois bonne fille », avait ordonné le Maître. *Mais comment se serait comportée une « bonne fille » en de telles circonstances ? Aurait-elle frappé à la porte du bureau avant d'y pénétrer ?* Guazzinella en était là de ses interrogations lorsqu'elle sentit une ful-

gurante douleur lui vriller le genou gauche. Cédric s'était emparé d'un énorme pique-feu en cuivre ouvragé et venait de lui asséner un coup terrible sous la rotule. Éperdue de douleur, Guazzy pressa la gâchette de son revolver en tombant en arrière. La balle transperça la scène de chasse à courre qui ornait le manteau de la cheminée.

– Non mais je rêve ! se mit à hurler le marquis, hors de lui. Cette abrutie vient de bousiller un Meissonier original !

Hébétée de douleur, Guazzy fit un effort désespéré pour garder son équilibre mais avant qu'elle ait pu retrouver un semblant de posture debout, Mona lui décocha un efficace coup de Bottin sur le sommet du crâne. La *drag queen* s'écroula enfin définitivement.

À quelques dizaines de mètres de là, derrière la grille du château, le commissaire Fichet-Bauche entendit distinctement un atroce cri de douleur aussitôt suivi d'une détonation d'arme à feu.

C'est aujourd'hui ou jamais, comprit-il. *Si je n'y vais pas maintenant, ils sont capables de me muter au Service des statistiques truquées... D'un autre côté, il faut bien que quelqu'un les truque, les statistiques. Si on agit, ça gonfle les chiffres et on se fait engueuler, et si on attend que ça se passe, on se fait engueuler aussi... Faudrait qu'ils sachent ce qu'ils veulent, au ministère...*

– Qu'avez-vous décidé, commissaire ? On agit ou on attend que ça se passe ?

– On agit, Guimard ! Sinon cette coulure de Glandon va tous les tuer... Escaladez ce portail et ouvrez-moi de l'intérieur. Mais soyez prudent, il est armé.

Dans le cabinet de travail du marquis, les quatre amis regardaient de haut le grand corps inanimé de Guazzinella.

– C'est bien ce que nous pensions : une *drag queen* tueuse, dit Glandon. La signature de l'Oups Dei. Eux aussi cherchent le Secret de la Vieille Tente.

– Mais pour quoi faire ? demanda Cédric.

– *Savoir c'est pouvoir,* jeune homme, répondit aussitôt le marquis.

– Vous ne croyez pas qu'au lieu de philosopher, nous devrions l'attacher et appeler la police ? demanda Mona.

– Mona a raison, confirma Cédric. Vous avez des cordes, marquis ?

– Je… heu… j'ai bien quelques chaînes dans une pièce spéciale du château, mais je ne sais pas si…

Avant que Richard de Longueville ait terminé sa phrase, une sirène de police et des crissements de pneus se firent entendre à l'entrée de la propriété.

– La police ! s'écria Glandon. Laissons-la par terre et filons ! Les flics s'en occuperont ! Nous, nous savons désormais où aller….

Cela faisait une bonne vingtaine d'années que le commissaire n'avait pas couru pendant une mission. Mais une horde de journalistes s'était engouffrée derrière eux dans l'allée conduisant au château. Aussi, quand son véhicule fut arrêté devant le perron, Fichet-Bauche ne put faire autrement qu'en sortir précipitamment.

Fort heureusement, il n'eut pas à défoncer la porte d'entrée du château qui n'était pas verrouillée de l'intérieur. Arme de service à la main, il s'engouffra à l'intérieur de la vénérable bâtisse.

Dans la pénombre aquamarine de l'imposant vestibule, il ne distingua rien d'autre qu'un mobilier qui lui évoqua un stand de la biennale des antiquaires où il aimait flâner durant les heures de service.

Au fond d'un long et sombre corridor, une porte entrouverte laissait le jour débutant se déverser en flaques bleutées sur le parquet ciré. Seul, cerné par le silence menaçant et les clichés romanesques qui l'entouraient, le commissaire avança lentement vers la lumière, son arme tendue devant lui, jusqu'à se retrouver sur le seuil d'un vaste bureau dont la fenêtre béait sur le parc.

Des éclats de verre jonchaient le sol. Une affreuse scène de chasse à courre de style pompier, suspendue au-dessus de la cheminée, était percée d'un impact de balle. Sur le sol, une forme humaine, à demi consciente, gémissait. Fichet-Bauche s'agenouilla auprès de la gisante et lui tapota la main.

Cette menstrure de Glandon a dû la violer et l'assommer. Mais au moins, elle est vivante !

– Eh bien, on peut dire que vous l'avez échappé belle, mademoiselle. Ça va aller, maintenant. Je vous promets que nous allons rattraper la gludure qui vous a fait ça. Je vais demander du renfort, ne bougez pas…

Dans les brumes matinales qui baignaient le vaste parc du château de Longueville, les quatre fugitifs couraient en direction d'un bâtiment massif émergeant à peine d'un entremêlement de lierre, de chèvrefeuille et de ronces en bourgeons.

– Plus vite ! cria le marquis qui pourtant fermait la marche, son ordinateur portable sous le bras.

– Tu es sûr de ton coup ? demanda Charlus, à bout de souffle.

– Absolument certain ! C'est le dernier Range Rover à quatre roues motrices avec boîte de vitesses trois rapports et moteur diesel huit cylindres de 150 chevaux. Je l'utilise pour aller faire mes courses au marché bio de Raspail. Les clés sont toujours sur le tableau de bord. Dépêchons-nous !

Quand le commissaire revint dans le cabinet de travail, le corps de la victime avait disparu. Au loin, un vrombissement de moteur troublait à peine les premiers chants des oiseaux. Fichet-Bauche se précipita à la fenêtre, mais ne vit rien d'autre que de paresseuses brumes qui s'étiraient lentement à l'horizon devant une impénétrable forêt. Impossible, depuis le cabinet du marquis, de distinguer le 4 × 4 qui quittait la propriété par un discret chemin forestier défoncé.

Chapitre 38

Cédric, qui conduisait l'imposant véhicule du marquis, quitta le périphérique parisien à la Porte de Clignancourt.

– Qu'est-ce qui te fait croire que nous devons aller à Montmartre ? demanda-t-il à Charlus Glandon qui avait somnolé pendant la majeure partie du trajet.

– Tu te souviens du message : « *Là où s'abreuve Girardon / Du Piquet suis la direction* » ? Pour moi, il s'agit d'un croisement de rues. Or le seul endroit qui me semble coller avec cette configuration est situé sur la face nord de la Butte. C'est pourquoi je suggère que nous commencions par y jeter un coup d'œil.

Il était 7 h 53 lorsque Cédric se gara dans la rue Saint-Vincent, à quelques mètres de la volée d'escaliers en ciment qui s'élance, presque à la verticale, vers la place du Tertre. Une limpide et lumineuse matinée de printemps prenait possession de la capitale. Pourtant, en dépit de la pétillante fraîcheur de l'air, une étrange fièvre dévorait les quatre fugitifs, comme s'ils pressentaient qu'ils touchaient enfin au but.

Le manque de sommeil, les émotions de la nuit et l'effort de l'ascension les étourdissaient encore lorsqu'ils débouchèrent, comme dans un rêve éveillé, au carrefour de la rue Girardon et de la rue de l'Abreuvoir.

« Là où s'abreuve Girardon... », se répéta à voix basse Cédric, impressionné par la métaphore.

– Là ! Regardez ! s'écria soudain Mona d'une voix tremblante.

Dans le soleil d'avril, se dressait sur son piédestal, majestueux et déjà brillant sous le soleil, le buste en bronze de Dalida.

– Encore elle ! remarqua Cédric.

– Ce n'est pas une simple coïncidence, c'est la confirmation que nous sommes sur la bonne piste. Maintenant, passons à la suite du message : *« Du Piquet suis la direction »*.

– Élémentaire ! s'exclama Mona. La statue nous donne la direction du Grand Piquet.

– Sans doute, confirma Glandon, mais la direction ne suffit pas...

À cet instant précis, Glandon, Cédric et Mona entendirent un léger râle s'élever derrière eux. En se retournant, ils virent les yeux du marquis se mettre à papillonner, sa bouche s'entrouvrir comme sous l'effet d'une douce surprise et son corps tout entier s'affaisser doucement sous leurs yeux.

– De l'eau, des secours, vite ! cria Glandon sous le coup d'une indicible angoisse.

Mais le marquis, dont Cédric avait délicatement soulevé la nuque du trottoir, semblait déjà revenir à lui. Avec un faible sourire, il rouvrit les yeux et dit d'une voix infiniment lasse :

– Mes amis, mes chers amis... Je suis désolé ! Tellement désolé de vous gâcher ces instants précieux de résolution du mystère. Je vous en prie, continuez sans moi... Je vais déjà mieux. Je vais aller me reposer dans la voiture et vous me raconterez vos découvertes. Ces jeux de piste à la recherche des plus grands mystères de notre temps ne sont décidément plus de mon âge...

– Tu es bien sûr que ça va aller ? demanda Glandon, un peu rassuré par le geste de coquetterie du marquis qui s'était recoiffé discrètement en se relevant.

– Ne t'inquiète pas, mon vieux Charlus. Ça va aller. Cette nuit, j'ai encore tout donné. Que veux-tu, je suis comme ça : généreux, passionné. On ne se refait pas… À bientôt, les amis.

– À tout de suite, monsieur le marquis, dit Cédric visiblement ému.

– À très bientôt, mes chéris, répondit le marquis.

Et il ajouta, en leur adressant un dernier signe de la main, juste avant de disparaître derrière le grand escalier :

– Ma plus belle histoire d'amour, c'est vous !

Chapitre 39

– Allô ? Maître ! ? Dieu soit loué, c'est vous !

– Où es-tu, sombre idiote ?

– Je suis rentrée à Paris. Vous ne répondiez plus, Maître. Vous aviez comme disparu…

– *Quand le soleil se cache, ne le cherche pas à l'ombre.*

– Je suis allée au château comme vous le vouliez et je me suis conduite en bonne fille, mais ils ont été très méchants avec moi, ils m'ont tapée dessus, ils m'ont assommée et ensuite un policier est venu et il m'a…

– Tais-toi et écoute-moi bien. Tu vas aller au musée du Louvre.

– Au Louvre ? Mais je n'y ai encore jamais mis les pieds. C'est immense, c'est culturel… Je vais m'ennuyer, je vais me perdre…

– Le Grand Piquet s'y trouve !

– Le Grand Piquet est au Louvre ?

– Voilà ce que tu vas faire…

– … Oui ?… Eh bien, Maître ? Vous ne me dites pas ce que je vais faire ?

– Tais-toi ! Tu n'as pas encore compris qu'il faut que personne ne sache ce que tu vas faire, sinon il n'y a plus aucun suspense !

– Donc vous n'allez pas me le dire ?

– Pas tant que quelqu'un écrit tout ce que je te dis.

– Quelqu'un est en train d'écrire tout ce que vous dites ?

– Et ce que tu dis aussi…

– Là, ce que je suis en train de dire, il y a quelqu'un qui l'écrit ?

– C'est plutôt parce que quelqu'un l'écrit que tu le dis…

– Donc on ne peut rien dire de secret, Maître ?

– Non, car ce sera écrit.

– Alors, qu'est-ce qu'on fait, Maître ?

– On attend la fin du chapitre. Ensuite, voilà ce que tu vas faire…

Chapitre 40

« L'Égypte et la Chine réunies / Te conduiront au Paradis », se répétait mécaniquement Glandon. Qu'avait voulu dire Vaugoubert ?

Pendant ce temps, Cédric et Mona s'étaient penchés sur un plan de la capitale où ils avaient tracé une droite qui prolongeait le regard de la statue. La ligne ainsi définie coupait les boulevard de Clichy, Haussmann, des Capucines, poursuivait en traversant la rue de Rivoli, dépassait la place Vendôme…

– Tu as trouvé quelque chose, tonton Glandon ? demanda Cédric sans lever les yeux de sa carte.

– Peut-être bien… Que vous évoque la Chine ?

– L'architecte chinois Pei, pourquoi ? demanda Mona.

– Très bien. Et l'Égypte ?

– La Pyramide du Louvre, évidemment, répondit Cédric.

– Alors je crois que nous y sommes. Figurez-vous que Pei est l'architecte chinois qui a conçu la pyramide du Louvre !

– Et la statue regarde justement dans cette direction ! remarqua Mona.

– Et Dalida était égyptienne ! conclut Cédric, ravi.

– Vite, ne perdons pas de temps ! s'écria Mona en dévalant les escaliers.

Cédric la suivait de près en la dévorant des yeux. À peine avaient-ils descendu en se bousculant et en riant le premier palier de la vertigineuse descente que le cœur du jeune homme s'arrêta de battre dans sa poitrine.

– Qu'est-ce que tu fais ? Tu ne me suis pas ? lui cria Mona en riant de toutes ses belles dents nacrées, dévoilant ainsi un minuscule piercing sur sa langue rose.

– La… la voiture… répondit Cédric, blême.

– Eh bien quoi, la voiture ? demanda Glandon qui venait de le rejoindre, en sueur.

– Elle a disparu. Et le marquis avec !

– Bon sang ! Ils ont enlevé le marquis ! S'ils touchent à un seul de ses faux cheveux, je les assomme, ces salopards ! hurla Glandon, titubant de douleur et maudissant le ciel.

– Calme-toi, tonton. C'est peut-être un coup des dégonfleurs de 4 × 4. Ils n'ont pas vu que le marquis dormait dedans et ils ont juste voulu déplacer la voiture.

– Espérons, dit Mona d'une voix étrangement grave. Mais je suis moins optimiste que Cédric. S'il nous reste une chance de revoir le marquis, c'est sans doute au Louvre.

– Je le pense aussi, dit Glandon en baissant la tête. Et je crois même pouvoir affirmer que ce sera dans la crypte Girardon…

Mona prit doucement la main de Cédric et les trois amis se dirigèrent lentement vers la station de métro Lamarck-Caulaincourt, toute proche.

Chapitre 41

Né à Troyes en 1628, grand maître français de la statuaire décorative et monumentale, François Girardon a-t-il pressenti que, comme Léonard de Vinci, il finirait un jour dans un ouvrage des éditions Chiflet & Cie sur les plus grands mystères de notre temps ? Homme de goût, sensible et raffiné, ce génial sculpteur dut maintes fois, comme Léonard avant lui, subir les interdits du Vatican et se contenter de sculpter des rois à cheval, des enlèvements de Proserpine et des tombeaux de Richelieu. Et pourtant… Pour qui sait les décrypter, les œuvres de Girardon regorgent de messages secrets et codés.

Quand le Maître pénétra dans la crypte Girardon, le musée était désert et il entendit ses pas résonner lugubrement sur les dalles de granit rose de la lumineuse Galerie Yves Montand qui abrite les plus grands trésors de la statuaire française[1]. Les événements de la nuit l'avaient fatigué au-delà de toute mesure, mais la cer-

1. Les descriptions de lieux erronées et les approximations historiques contenues dans le présent récit seront corrigées dans un ouvrage à paraître : *Le Gay Vinci Code revu par la Réunion des musées nationaux,* aux éditions Chiflet & Cie.

titude de toucher au but le maintenait dans une sorte d'éveil ultra-lucide, semblable aux transes qu'il avait connues dans sa jeunesse, à l'époque où il avait commencé à se passionner pour les mystères de la Vieille Tente.

Après avoir repéré un refuge idéal pour s'y cacher, il réfléchit une nouvelle fois à ce qu'il ferait quand il serait enfin en possession du « Grand Secret ».

Il fut interrompu dans ses pensées par la bruyante arrivée dans la crypte d'une créature immense à la démarche simultanément féline et pachydermique.

Extraordinairement robuste, la *drag queen* de 2,50 m qui venait de pénétrer dans la crypte lui était familière. Son fond de teint, mal réparti, trahissait un système pileux que l'on devinait dru et abrasif. Son chignon fuchsia semblait avoir été refait à la hâte, sa jupe, mal ajustée sur les hanches, laissait voir un haut de collant filé sur plusieurs centimètres. Ses yeux, à la recherche de quelque chose, clignaient nerveusement en parcourant les œuvres exposées. De toute sa gigantesque personne émanait une agitation inquiète. Après un bref contrôle visuel des lieux, la géante s'appuya sur le socle d'un Richelieu à cheval et admira le plafond à caissons d'où descendait un lustre en cristal de Murano.

Depuis sa cachette, le Maître regarda sa montre d'un geste nerveux.

Qu'est-ce qu'ils font ? Glandon est largement assez doué en énigmes pour comprendre que c'est ici que doit avoir lieu le rendez-vous final... Bon sang ! Ils devraient déjà être là !

À cet instant précis, des pas précipités se firent entendre à l'entrée de la crypte Girardon. Charlus Glandon, Cédric Pichon et Mona apparurent dans l'allée centrale et s'arrêtèrent, médusés, en découvrant Guazzinella.

– Encore vous ! s'écria Glandon. Cet incapable de Fichet-Bauche vous a donc laissée filer ! Qui vous a dit de venir ici ?

Sa voix résonna longtemps sous les voûtes ouvragées en pierres de Sienne du Grand Louvre.

– C'est moi, Charlus ! dit le Maître en sortant de derrière un tombeau représentant l'enlèvement de Proserpine par Richelieu.

Glandon resta interdit de longues secondes. Cédric et Mona, incapables de croire à ce qu'ils étaient en train de vivre, se taisaient également, paralysés de stupeur.

– C'est… c'est toi Richard ?! balbutia Glandon.

Le marquis de Longueville tenait à la main un pistolet qui avait mystérieusement franchi sans encombre les portiques de sécurité du musée.

– Le marquis ?! réussirent enfin à articuler ensemble Mona et Cédric.

– Pas possible ! ? C'est vous le Maître ? dit Guazzinella. À la voix, je vous imaginais beaucoup plus grand, avec des petites lunettes. Un peu dans le genre Richard Gere…

– Tais-toi ! *Le secret éternel vaut mieux que la beauté éphémère…*

– Vous voulez dire que Richard Gere a un secret de beauté, Maître ?

– Tais-toi ! intervint Glandon. Ce que veut dire le marquis, c'est qu'il espère que le secret de la Vieille Tente lui donnera la puissance éternelle.

– Exact ! Et comme je suis bon prince, je te propose de partager ce secret avec moi, Charlus. Il est encore temps. Mais c'est ta toute dernière chance de choisir ton camp. Réfléchis bien : es-tu avec ou contre moi ?

– Nous en avons déjà parlé dans notre jeunesse, Richard. Je ne peux pas te rejoindre dans ta quête désespérée, touchante, mais un peu pathétique, d'une légitimité à ta condition d'homosexuel.

– J'étais sûre que le Louvre, ça allait être culturel et chiant, souffla Guazzinella entre ses dents.

Mais Glandon ne releva pas et continua :

– Pourquoi s'échiner à vouloir faire de notre préférence sexuelle une supériorité éternelle ? On a la chance d'être maudits auprès des crétins ! Profitons-en !

– C'est facile de jouer les Pasolini quand on est, comme toi, un bobo international, rétorqua le marquis, livide de colère. Mais qui pense au paysan gay de Corrèze qui aimerait bien, lui, ne plus être maudit ! ?

– Vous voulez dire que le paysan de Corrèze est maudit ?! demanda Guazzinella. Ça expliquerait donc la sécheresse et la grippe aviaire…

– Tais-toi, Guazzy ! Fais ce que je t'ai expliqué au téléphone. On va voir si ce vieux Glandon a la fibre familiale.

Ravie de passer enfin à l'action, la *drag queen* se trouva, d'un bond, auprès de Cédric. Avec un geste aussi rapide que précis, elle lui saisit un bras et le lui tordit dans le dos, puis l'entraîna, gémissant, vers le marquis. Celui-ci pointa aussitôt son arme sur le front du jeune homme.

– J'ai encore besoin de tes lumières, Charlus. Si tu ne veux pas que j'éclate la jolie tête de ton neveu, tu vas devoir mobiliser toutes tes connaissances et me dire où se trouve le Grand Piquet !

Charlus vacilla imperceptiblement devant l'horreur de la situation. Comme en un flash-back accéléré, il fit défiler mentalement la folle nuit qu'il venait de vivre et qui les avait conduits jusqu'à cet endroit reculé du

Louvre où la statuaire du XVIIe siècle n'attirait pas grand monde. *Évidemment ! Nous sommes mardi, c'est jour de fermeture,* réalisa-t-il soudain. *Si Vaugoubert nous a guidés jusqu'ici, c'est pour que nous protégions le secret de la Vieille Tente. En aidant le marquis, je trahis Vaugoubert. En ne l'aidant pas, je laisse tuer son fils... Ai-je vraiment le choix ?* se demandait-t-il en un cruel dilemme.

Il chercha au plus profond de lui les forces nécessaires à la tâche exigée par l'immonde chantage du marquis. *C'est drôle comme la mort semble moins terrible quand on est fatigué,* songea-t-il.

– Écoute, Richard. Je vais te dire où se trouve le Grand Piquet, mais relâche d'abord Cédric. Il y a déjà eu assez de morts comme ça, tu ne crois pas ?

– Pas question ! J'ai consacré ma vie entière à la recherche du testament de David et Jonathan. Je ne céderai pas, cette fois. Comme tu vois, ton charme n'agit plus sur moi... Tu te fais vieux, Charlus, toi aussi...

– Peut-être, mais moi, en vieillissant, je ne suis pas devenu un assassin... Que vas-tu faire de ce secret, désormais ensanglanté ?

– Dès demain, après une bonne nuit de sommeil, j'appelle toutes les autorités mondiales : morales, politiques et religieuses, pour les informer que je détiens la preuve formelle que c'est l'indifférenciation sexuelle qui régnait à l'origine de l'humanité.

– Et ensuite ! ? demanda Mona.

Les grands yeux de la jeune fille brillaient de larmes mal contenues et elle tordait ses mains d'impuissance et d'angoisse.

Cédric leva les yeux sur elle avec tendresse et il découvrit que, malgré son chagrin, la jeune fille continuait de sourire énigmatiquement. *Son mystérieux sou-*

rire est en fait un genre de TOC, comprit-il soudain. Mais la pression froide du métal sur sa tempe se fit plus pressante et le tira de ses pensées.

– Et ensuite, mademoiselle ?! ricana sinistrement le marquis. Ensuite, j'exige des excuses publiques !

– Des excuses ?! s'étrangla Glandon. Alors que des gens sont morts et meurent encore simplement parce qu'ils sont gays ou lesbiennes ? Qu'est-ce que des excuses peuvent bien changer à tout ça ? Comme si une preuve, même irréfutable, avait jamais pu vaincre les préjugés et la bêtise !

– Tais-toi ou je bute le gamin ! cria le marquis qui avait vu des films d'action sur TF1.

– Vous voulez un coup de main, Maître ? demanda Guazzinella qui s'ennuyait ferme.

– Nature et Découvertes…, lâcha Glandon, vaincu.

– Quoi, « Nature et Découvertes » ? glapit le marquis. Encore une de tes énigmes ? On n'a plus le temps de jouer, Charlus ! Il ne nous reste que quelques pages…

– Je sais. Mais souvenez-vous des mystérieuses lignes du message caché dans le *Darla Dirladada* :

Dans les tréfonds du pilier trois,
Depuis l'année nonante-trois
La Nature de la découverte
À jamais reste secrète

– Explique-toi ou je déshabille l'otage ! vociféra le marquis.

– Calme-toi, Richard, je t'en supplie… Après les morts mystérieuses des conservateurs du musée des Arts décoratifs[1], du musée de la Coiffure, du musée national

1. Voir notes p. 61, 81, 99, 110, 124,184 et 188.

d'Histoire et d'Art… Gédéon de Vaugoubert est devenu, à son tour, gardien de la Vieille Tente, et il s'est mis à avoir peur pour sa vie. C'était au début des années 1990, en pleine restructuration du musée du Louvre. Or, pour des raisons qu'il serait trop compliqué d'expliquer, Vaugoubert était un très bon ami de Jack Lang. Et à ce titre, Vaugoubert, qui était aussi proche des milieux ouvriers pleins de sève, passait beaucoup de temps sur le chantier du Carrousel. C'est ainsi qu'en 1993, « nonante-trois » en code belge, juste avant l'inauguration du Carrousel, il a coulé le Grand Piquet dans le béton du troisième pilier de l'actuelle boutique « Nature et Découvertes ».

– J'espère pour ton neveu que tu ne bluffes pas, siffla le marquis entre ses dents.

Puis, se tournant vers Guazzinella, il aboya :

– Guazzy, enlève tes pieds de ce tombeau de Proserpine et va immédiatement vérifier !

– Inutile ! reprit Glandon. Le Grand Piquet a probablement été coulé de telle façon que personne ne puisse y accéder sans le détruire… C'est ce que signifient les vers « *la Nature de la découverte, à jamais reste secrète…* ».

– Tiens, tiens… dit le marquis, à court de réplique.

– Je dois vous avouer autre chose, même si l'éditeur trouve que ça nuit à la crédibilité du récit… reprit Glandon en regardant ses chaussures. Quelques jours avant de mourir, Gédéon m'a envoyé un courriel. Il me proposait de me présenter à l'élection du prochain gardien de la Vieille Tente.

– Quoi ?! s'écrièrent ensemble les quatre autres, faisant ainsi résonner les voûtes en ivoire ouvragé du Louvre.

– Mais pourquoi n'avoir rien dit, tonton ? demanda Cédric.

– J'ai bien pensé à tout balancer dès la page 17 mais

du coup le bouquin aurait fait trente pages au maximum… confia Charlus d'un air las.

– Et je n'aurais jamais rencontré Mona à la page 86… réalisa Cédric en souriant à la jeune fille.

À cet instant précis, une déferlante musicale s'engouffra dans le sous-sol du plus grand musée du monde. La vague sonore, où dominaient les rythmes technos endiablés, semblait enfler et se rapprocher de seconde en seconde.

– Qu'est-ce que c'est que ce vacarme ? demanda en criant le marquis.

– Probablement un défilé de mode, répondit Glandon en utilisant ses deux paumes jointes en porte-voix. Tout à l'heure, j'ai vu tout le gotha de la presse *beauty* qui poireautait devant la salle Le Nôtre.

Tandis que la musique augmentait encore en volume, une brume épaisse se mit peu à peu à envahir la crypte Girardon et une odeur de vanille et de musc mêlés satura lentement l'atmosphère.

– Ils nous enfument ! Nous sommes faits comme des rats ! cria le marquis, fou de terreur.

– Là, regardez ! s'écria Mona en montrant du doigt l'entrée de la crypte.

De beaux éphèbes au torse nu, accompagnés de jeunes femmes sensuelles, vêtues de robes Belle Époque en mousseline translucide, émergèrent de la brume artificielle, tenant à bout de bras d'immenses chandeliers.

Outrageusement maquillées, coiffées à la mode versaillaise, des *drag queens* en grande tenue de gala apparurent à leur tour, dominant de très haut l'extraordinaire défilé.

– Je parierais que Jean-Paul Gaultier a encore sorti un parfum ! dit Glandon entre ses dents.

À quelques pas derrière eux, un groupe mixte de footballeuses et de pompiers à casques dorés faisaient cercle autour d'une fontaine à champagne qui semblait flotter dans la fumée grâce à une invisible table à roulettes.

En un instant, la crypte fut remplie d'une foule dense de créatures de tous les âges et de tous les sexes. Bourgeoises quinquagénaires glacées et sophistiquées, petites gueules d'amour, cailleras mal rasées en jean et T-shirt griffé, starlettes glamour et extatiques, attachées de presse en décompensation, trans en robe du soir fendue jusqu'à l'épaule... Un invisible DJ mixait un hypnotique cocktail *dance* où s'enchaînaient des samples d'opéra italien, de variété française et de techno house.

– Mais qu'est-ce que c'est que ce carnaval ? s'exclama le marquis en rengainant son arme et en se rapprochant de Glandon, comme s'il recherchait inconsciemment sa protection.

– J'imagine qu'on ne pouvait pas échapper à une fin festive. Tu connais le topo : les gays savent s'amuser, ils ont le sens de la fête, ils sont *dink**, ils dansent pour oublier... Du fun, des paillettes, du champagne...

– Un final en musique ? Trop cool ! s'exclama Mona en commençant à se déhancher sur un remix d'*I will survive* dont le tempo ne cessait de s'accélérer.

– Et le commissaire ? interrogea le marquis qui venait de refuser l'invitation à danser d'un jeune marin peroxydé. Ce n'est pas une lumière, mais il devrait quand même nous avoir retrouvés depuis longtemps, non ?

– Là-bas ! Regardez ! s'écria Guazzinella. C'est Fichet-Bauche ! Il fait la chenille avec les hôtesses *drags* et les *gogos dancers* du défilé. Comme tout cela est festif et gay !

– On peut aller, nous aussi, oublier la mort, la solitude et le réchauffement climatique, tonton Glandon ? demanda Cédric.

Sur un signe d'assentiment désabusé de Charlus, les deux étourneaux se fondirent instantanément dans la foule tressautante et bigarrée, bientôt suivis par Guazzinella qui comptait sur la cohue et la fumée pour qu'on ne remarque pas trop sa tenue de campagne, encore crottée par endroits.

Appuyés à la table de la fontaine à champagne, Glandon et le marquis regardaient de loin la masse compacte, ondulante et enchantée des fêtards.

– Ne fais pas cette tête, Charlus, dit le marquis en posant sa main sur celle de son ami. Cela faisait des années que l'on n'avait pas fait un *after* ensemble, toi et moi. Savourons l'instant…

– Tu as raison, plongeons à corps perdu dans le présent éternel… Même si, sans vouloir jouer les rabat-joie, on commence à dénoter un peu dans ce genre de rassemblement où tout le monde est beau, sportif, sain et joyeux…

– Tu crois que ça y est : on est devenus des vieilles tantes ?

Lentement, d'un pas un peu traînant, Charlus Glandon et Richard de Longueville s'éloignèrent du vacarme de la crypte pour retrouver la surface des choses et la lumière crue du soleil de printemps.

– Qu'est-ce que tu comptes faire, maintenant ? demanda Richard.

– Rentrer à mon hôtel et dormir enfin. Et toi ?

– Aller à ton hôtel et dormir avec toi. Pour la police, on verra demain.

– Le présent, ça a du bon…

Enivrés de fatigue, Glandon et le marquis se mirent, bras dessus bras dessous, à la recherche d'un taxi. En passant au pied de la pyramide de verre, ils croisèrent un groupe de touristes attendant le départ du prochain « Da Vinci Tour » guidé.

– Tu vois, Richard, les hommes ont toujours eu besoin de secrets cachés pour donner du sens à leur existence.

– À propos de secret caché, celui de la Vieille Tente se trouve vraiment là où tu l'as dit ?

– On s'en fout, Richard !

– Tu as raison. Au fond, on s'en tamponne…

– Le seul vrai grand secret, tu le connais sans doute déjà : c'est le vieux précepte de saint Augustin.

– Pas très punk pour finir le bouquin, une morale à la saint Augustin…

– C'est ça ou du Sylvie Vartan.

– Bon, alors vas-y, dis toujours ton saint Augustin.

– « Aime et fais ce que tu veux. »

– Tu es bien certain que ce n'est pas du Sylvie Vartan ?

Octobre 2002 – avril 2006
Ibiza – Ravello – Center Parcs

Dictionnaire gay-français

AMI, IE *n.* et *adj.* Nom de code utilisé à l'oral par les honteuses (voir ce mot) pour désigner leurs partenaires. Ex : Mon ami(e) et moi, nous passons toutes nos vacances à Ibiza.

ANDROGYNE *n.* et *adj.* Individu dont le genre n'est pas évident tout habillé(e). S'emploie toutefois plus couramment pour désigner Étienne Daho qu'une lesbienne *butch* (voir ce mot).

BAREBACK *n.* (barebacking, barebacker) À l'origine, le barebacker est un beau cow-boy qui « monte à cru » (chevauche sa monture sans selle). Par extension, se dit d'un cow-boy qui est tombé de son cheval (sur la tête) et a des relations sexuelles non protégées.

BISEXUEL, ELLE *adj.* Personne qui aime tous les sexes, y compris le sien.

BOTUL (Jean-Baptiste) (1896-1947) Philosophe présumé bisexuel. Précurseur des théories *queer* (voir ce mot), Botul tentera d'organiser la première *Love Parade* à Berlin en 1939. Souvent considéré comme le fondateur du Fernandisme (voir *Fernandez*).

BUTCH *adj.* Se dit d'une lesbienne aussi peu efféminée que le lui permet son sexe. Contraire : *fem'*(voir ce mot).

CAILLERA *n. f.* (verlan de « racaille »). Jeune sauvageon au jean impeccablement déchiré.

CAMP ATTITUDE *n.* (de « camp » : androgyne) Se manifeste notamment par un déhanchement exagéré sur les chansons de Mylène Farmer. Contraire : *truck attitude* (voir ce mot).

CASTRO Quartier mythique de San Francisco où les lecteurs du *Guide du routard* vont voir à quoi ressemble les vrais *queers* (voir ce mot).

CHAPS *n. f.* Jambières ou cuissardes de cow-boy exigées (avec le Stetson) à l'entrée des clubs de drague « country ».

CHEESY POP *adj. inv.* Musique légère (< 200 bpm) pour boîtes à minets et ascenseurs.

COCKRING *n. m.* Anneau pénien utilisé par les hétéros, les homos et les bororos (voir *Tristes tropiques* de C. Lévi-Strauss).

COMING OUT *n. m.* (de l'anglais « sortir du placard ») Faire son *coming out* consiste à écrire un poème à ses parents pour leur annoncer qu'ils ne doivent pas compter sur vous pour avoir des descendants. Le *coming out* permet d'écourter les repas de famille, de se faire déshériter, voire, dans le pire des cas, de se faire serrer dans les bras de son père en larmes.

CONTRE-NATURE *n. f.* L'homosexualité, l'art et, plus généralement, la culture sont, par essence, contre-nature.

CRUISE *adj. inv.* (de l'anglais « to cruise » : draguer) « Hard cruising » : drague dure. « Raunchy cruise » : drague sans sommation. « Cruise de chez Cruise » : restau + ciné + boîte.

DÉVIANCE, DÉVIATION SEXUELLE Termes médicaux utilisés pour désigner l'homosexualité, maladie qui n'a jamais été remboursée par la sécu et n'en est plus une depuis la fin du XXe siècle.

DINK *n. f. (Double Income No Kids :* deux salaires pas de gamins) Catégorie socio-professionnelle chérie des annonceurs et à laquelle sont censés appartenir les gays et lesbiennes.

DRAG QUEEN *n. f.* Homme qui s'habille en conductrice de char au carnaval de Rio.

DRESS CODE *n. m.* (de l'anglais « to dress » : s'habiller) Tenue de soirée obligatoire pour être admis dans certains établissements : soirée slibards, soirée survêt', soirée uniformes, soirée chez l'Ambassadeur…

« EN ÊTRE » *loc. v.* Synonyme d'« être homosexuel » dans les chansons de Milton, Fernandel et Georgius.

FEM' *adj.* Se dit d'une lesbienne efféminée. Contraire : *butch* (voir ce mot).

FERNANDEZ (Dominique) (1929) Écrivain, essayiste, journaliste, critique, polémiste, pamphlétaire, universitaire, voyageur, jardinier, cinéphile, spécialiste. Fut le premier à démontrer de façon formelle que les génies sont homosexuels et réciproquement. On distingue couramment les pré-Fernandez (Socrate, Le Caravage, Shakespeare, Yourcenar…) géniaux, donc homosexuels, des post-Fernandez (Catherine Lara, Plastic Bertrand, Dave…) homosexuels, donc excusés.

FIST FUCKING *n. m.* Pratique sexuelle avec un poing, c'est tout.

FLAG *n.* Association des policiers gays et lesbiennes.

FOULARD *n. m.* Accessoire utilisé pour communiquer dans les lieux mal éclairés. De teinte vive et variée, le foulard se porte selon le goût et les couleurs de chacun.

GANYMÈDE (en grec *ganumêdês)* Personnage mythologique, beau comme un *boys band* à lui tout seul et tellement craquant que Zeus, déguisé en aigle, l'enleva pour le mettre dans son nid.

GAY FRIENDLY *adj.* Littéralement « amical et ouvert vis-à-vis des gays ». Se dit d'un hôtel, d'un restaurant, d'un évêque… Par extension : amical et ouvert aussi envers les lesbiennes pas trop *butch* (voir ce mot) et les hétéros (sans leurs morveux et avec supplément).

GAY PRIDE (Marche des fiertés gay, lesbienne et trans). Promenade annuelle festive de chars, *tanks* (voir ce mot) et uniformes.

GHETTO GAY Lieu où les homosexuels ont enfin le droit de se faire des bisous et des scènes de ménage dans la rue.

HOMOPHILIE *n. f.* Penchant pour son semblable, son frère. On distingue l'homophilie du premier type (d'ordre intellectuel), du deuxième type (d'ordre affectif) et du troisième type (avec contact physique et égarement des sens).

HOMOPHOBE *n. m.* Se dit d'un connard ou d'une abrutie.

HONTEUSE *n. f.* Se dit d'un homosexuel qui s'opprime lui-même, en ne défilant pas à la Gay Pride.

INVERSION, INVERTI Termes médicaux utilisés par les médecins pour caractériser les patients qui ne partagent pas leur orientation sexuelle.

JAQUETTE FLOTTANTE (être de la) Être homosexuel. Expression imagée utilisée principalement dans les pièces de boulevard avec Michel Leeb.

MARC ANTHONY Marque de vêtements du groupe Monoprix. Malgré son nom excitant, la ligne Marc Anthony n'est pas officiellement certifiée « gay friendly ».

NYPD New York Police District. Policiers à lunettes noires travaillant à Manhattan et dans les pornos gays.

OUTING *n. m.* (de l'anglais « out » : faire tomber du placard). Le *outing* consiste à dénoncer publiquement l'homosexualité de personnalités publiques pour leur apprendre ce que c'est que l'homophobie.

PIERRE ET GILLES Photographes en couleurs, fabricants d'icônes gays et lesbiennes.

QUEER *n. m.* (de l'anglais « queer » : bizarre) À l'origine, la théorie *queer* est une synthèse audacieuse (et encore inachevée à l'heure où nous mettons sous presse) des théories de Michel Foucault, des gouines garous, des transgenres *butchs,* de Gilles Deleuze, des cyborgs androïdes et de Félix Guattari, en vue de résister à l'Empire de l'Hétéronorme. Par extension, émission de télé-réalité d'access prime-time sur TF1.

RAINBOW FLAG *n. m.* (drapeau arc-en-ciel) Drapeau symbolisant la communauté gay et lesbienne et contenant les huit couleurs de l'arc-en-ciel (à l'exception du bleu turquoise et du rose, trop sexuellement connotés).

STRAIGHT *adj.* (ou *square*) (de l'anglais « straight » droit, raide, direct, en ordre…) Par extension : hétéro, normatif ; ringard, coincé, sinistre, démodé, barbu, éditeur…

TANK *n. m.* (ou *top tank*) Débardeur, T-shirt sans manches.

TEDDY BEAR *n. m.* (de l'anglais : nounours) Se dit d'un homme dont la silhouette, le poids, le système pileux et la chemise à carreaux évoquent Winnie l'ourson.

TOM OF FINLAND (Touko Leaksonen, alias) (1920-1991) Illustrateur gay XXL.

TRIP *n. m.* (de l'anglais « voyage ») Bon trip, bon voyage. Trip *hard :* voyage mouvementé.

TROISIÈME SEXE Métaphore pour « homosexuel(le) » en langue chiante.

TRUCK ATTITUDE (littéralement « attitude camion ») S'emploie pour un gay ou une lesbienne ayant un look camionneur *(but chic).*

WEDDING PLANNER (de l'anglais « wedding » : mariage) Personne dont le métier consiste à planifier les formalités nécessaires pour un mariage ou un PACS réussi : *coming out,* traiteur, prise en charge psychologique des parents…

Index

Remerciements

Je tiens à exprimer ma gratitude :
À mes parents, qui ont eu le bon goût d'être hétéros,
À ma sœur Bernadette, qui est vraiment bien pour une fille,
À Albert Algoud, pour ses bons plans secrets, sa relecture, ses conseils et ses revues spécialisées,
À Vincent Haudiquet, pour ses indispensables pinaillages,
À Basile de Koch, qui est trop drôle,
À Guillaume Zorgbibe, qui est très intelligent,
À Jean-Loup Chiflet, pour sa parole de scout,
À Christophe Absi, Franck Chantelouve, Sophie et Jean-Christophe Delpierre, Jeanne Foly, Annick Guendafa, Raphaëlle d'Hautefeuille, Lefred-Thouron, Guillaume Prieur, Stéphane Trapier et Ariane Valadié pour leur recherche de la Vérité sous toutes ses formes,
À Sylvie Vartan, car ce n'est pas rien.

Cet ouvrage a été imprimé en France par

CPI
Bussière

à Saint-Amand-Montrond (Cher)
en mars 2009

POCKET - 12, avenue d'Italie - 75627 Paris Cedex 13

— N° d'imp. : 90252. —
Dépôt légal : mars 2009.